一万回話しても、彼女には伝わらなかったこと

加藤千恵

ポプラ文庫

目次

わたしたち笑い合ったね　もう二度と同じ時間はやってこないね

滅亡しない日

教室から近い、二階女子トイレ。鏡に向かいながら、荒れた唇に、新しいリップグロスを塗る。ドラッグストアで、口コミサイトで大人気だというようなことが書かれた派手なポップが添えられていたものだ。薄い赤に色づく。《ひと塗りでぷるっぷる》と、さっき捨てたばかりのパッケージには書かれていたけど、もちろんそんなことはない。皮がむけている箇所が気になる。

「どう？　いい感じ？」

右隣に立っている真優《まゆ》に聞かれたので、上唇と下唇をこすり合わせるようにしながら、んー、と声を出した。

「塗ったばっかじゃわかんないか。あたしにも貸してー」

「はい」

あたしが手渡したグロスを、今度は真優が使う。正真正銘同じもののはずなのに、真優の唇のほうが、赤が強くなった気がする。

「ありがとー」

「ん」

受け取ったグロスを、チャコールグレーのブレザーの右ポケットに入れる。手を入れるたびに、もっと深くすればいいのに、と思う浅いポケット。透明のリップクリームが同じ場所に入っているので、外目にも少しふくらんでいるのがわかるけど、別に誰も気に留めないだろう。

「やっぱいい感じだよ」

グロスのことかと思いきや、視線によって、髪をほめてくれたのだと気づく。

「ありがと」

本人に向かってというより、鏡の中であたしを見つめている真優に向かってお礼を言った。鏡越しだと、いつもと少しだけ顔が変わって見えるから変な気分。

長い部分で顎《あご》に並ぶくらいの前下がりのボブ、前髪は眉よりちょっと上、というのが昨日の夕方からのあたしの髪型だ。それまでは真優と同じように、鎖骨に重なるくらいの長さがあって、学校では一つにまとめていた。知らない誰かが作った規則を守るために。

切りすぎたんじゃないかと思っていたけど、朝にあたしを見るなり、真優は「可《か》愛《わい》いー、似合うー」と繰り返してくれて、それが嘘じゃない感じだったので、自分でも昨日よりはよっぽど気にいっている。こんなに切ったのは久しぶりだ。

「どこ行く？」

「んー、フードコートかな」

たいてい質問をするのはあたしで、決めてくれるのは真優。フードコート、カラオケ、ファミレス、ファストフード、たまに買い物。もちろんどこも行かないときもある。家の用事で早く帰らなきゃいけないとか、疲れてるとか、お金がないとか。でもそういうときは、昼休みのうちにあらかじめ伝え合っているから、放課後にこうやって一緒にトイレに来ている時点で、帰りにどこかに寄ろうというのは暗黙のルールだ。

「久しぶりにクレープ食べようかな」

フードコートの一角、クレープ店の甘い匂いを思い浮かべながら、あたしは言う。苺《いちご》かバナナか。

「あ、いいね。あたしも」

教室に戻り、置いてあった紺の指定カバンを手にして、あたしたちは校舎の外、駐輪場を目指して歩いていく。

あたしたちの家は離れている。フードコートが入っているショッピングモールは、どちらかといえばあたしの家寄り。学校からは自転車で十分くらいの距離なので、しょっちゅう二人で利用している。もっとも、あたしたちだけにかぎったことではなくて、同じ制服の生徒や、違う高校の生徒も、夕方にはよく見かける。今日も同じ学年の女子四人がいるのがわかったので、離れた席に座った。話したこともないくらいだから、別に嫌っているとかじゃなくって、なんとなくの決まり。

「これさ、おいしいんだけど、結構すぐ飽きるんだよね」

真優が言い、あたしは思わず笑った。

「いっつもそれ言うじゃん。はい、交代で食べていいよ」

向かい合う真優にバナナチョコ生クリームクレープを渡し、苺カスタードクレープを受け取った。とはいえあたしも実は、バナナチョコ生クリームに飽きつつあったので、こうやって食べるほうがありがたい。自分が頼まなかったクレープのほうがおいしい気がしてしまう。いつも。

「彩葉《あやは》の行ってる美容室ってどこなんだっけ?」

「シエルってところだよ。駅のわりと近く」

「どのあたり？」

「えーっとね、行列できるラーメン屋さんあるじゃん？　あの角の。あそこの並びの二軒隣くらい」

「あ、わかったかも。ガラス張りのところだよね？」

「そうそう、そこ」

持っているクレープをまた交換する。

「あたしも髪切ろうかなあ。でも彩葉は小顔だし、顎のラインがシャープだもんね。あたし、顔丸いしでかいからなあ」

「でかくないよ」

「えー、でかい」

「でかくないって」

あたしの否定の言葉は、あまり届かないようだ。

真優はコンプレックスが多く、それをよく口にする。背が低いとか、胸が離れてるとか、足首が太いとか。どれもさほど当てはまらないし、当てはまる場合でも標準よりわずかにというくらいなんだけど、本人にとってはわずかではないらしい。

クレープを食べ終えた真優は、ここに着いてからほどいた髪の毛先を触り、口をとがらせている。悩んでいるみたいだ。その様子を見ながら、あたしもクレープを食べ終える。思い出して、訊《たず》ねた。

「美容師さんと仲いいって言ってなかった？　子どものときから通ってるんでしょ？」

「そうなんだけど、美容師さん辞めちゃってさあ。子どもできたんだって。ママも同じところ通ってて、担当の美容師さんは別の人なんだけど、その人に頼むのも、なんかねえ」

母親と同じ美容師さんに担当してもらうというのは、確かに、なんとなくいやかもしれない。あたしは、そうなんだー、と相づちを打った。

「仲いい美容師さん、三十代後半くらいで、結婚してわりと経つんだけど、全然子どもできないから、そういう体質なのかもー、ってあきらめてたんだって。彩葉はさー、子ども欲しい？」

美容師さんの話から、いきなり方向転換したので、あたしはすぐに答えることができない。えー、わかんない、と正直に言った。いつか子どもを産むのかもしれないとは思うけど、そもそも誰とも付き合ったことすらないのだ。

「そっかー。あたしは絶対女の子が欲しいんだけど、修成《しゅうせい》は男の子がいいんだって。一緒にサッカーやりたいって言ってる」

「もうそんな話までしてるんだ」

「まあ、いつかだけどね、いつか」

修成くんというのは真優の今の彼氏だ。別の高校に通っている。コンプレックスの多い真優だけど、あたしよりよっぽど可愛いし、中学時代から彼氏がいたという。

修成くんと真優が、去年の冬に彼の部屋で初体験を済ませたということも、事細かに聞いた。あたしにはまだ遠い、別の惑星の話みたいに感じられる。セックスについては、ある程度知っているつもりでいるけど、自分の身体《からだ》に男の人のあれが入ってくるなんて信じられない。気持ち悪いとすら思ってしまうので、具体的には想像しないようにしている。

「仲いいね」

あたしはそう言ってから、なんだか話を終わらせたがってるみたいになってしまった気がして、いいなー、うらやましいよ、と付け足した。

「彩葉も彼氏作ればいいのに」

パンがなければケーキを食べればいいのに、と言ったマリー・アントワネットも、こんな感じだったのかもしれない。

「相手がいないもん」

当たり前のことを言ってるな、と我ながら思う。

恋愛のことが話題にのぼると、なんだか緊張してしまう。寂しさや嫉妬《しっと》とは別だ。たとえるなら、偉い人の前でフランス料理を食べる、みたいな気持ちだろうか。あたしにはマナーというものがわからない。どうすれば変に思われないのか。

中学時代も、あまり浮かない程度に頑張って周囲と恋愛話を合わせていた。特に好きでもない男子のことを、気になるということにしてみたり。

「修成のサッカー部の友だちとかなら紹介するけど、彩葉、好み厳しいからなあ」

「厳しくはないけど」

「じゃあ聞いてみるよ」

修成くんとはほぼ毎晩電話しているのだという。メッセージのやりとりはもっと頻繁なはずだ。

「いいよいいよ。なんか恥ずかしいし。彼氏欲しくなったらお願いするけど」

「もったいないなー」

もったいないというのはどういうことなんだろうと思う。人生の中でごくわずかな女子高生という時間を、彼氏なしで過ごすのは、もったいないことなんだろうか。とはいえ真優も深く考えて言っているわけではなさそうだから、別に訊《き》かない。

彼氏といる時間は、友だちが経験していないともったいないと感じるほど、いいものなのだろうか。クレープを食べるよりも。だとしたら味わってみたい気もするけど。

「それより、美容室、もし紹介するなら、あたし言っておくよ。でもあたしも、まだ二回くらい行っただけなんだけど。友だち紹介の割引クーポンとかもらえるかも」

「えー、どうしよっかな。なんか他のところ行ったことないから緊張する。もう十年以上通ってたからさー」

「長いね」

確かに前に聞いたエピソードもそんな感じだった。幼い頃から通っているせいで、変な習慣がついて、いまだに帰りに飴《あめ》やらチョコレートやらを渡されるのだと話していた。

真優の子どものときの話を聞くのが、なんとなく好きだ。中でもあたしが特に気に入っているのは、工場の話。

真優の家の近くには工場があり、何を作っているか知らなかったのだが、小学校低学年くらいのあるとき、親の車で通りかかった際に、看板の一部が見えて、そこには、「中山《なかやま》工場」という文字があった。中山はそのあたりの地名だったのだけど、同じクラスに中山という苗字の男子がいたこともあって、真優はしばらくの間、その工場では人間を作り出しているのだと信じこんで、勝手に恐れていたのだという。話を聞いたのはずいぶん前だけど、いまだに一人で思い出し笑いしてしまうことがあるくらい。

「あったかいもの飲みたくなっちゃった」

「あたしも」

あたしたちは同時に席を立つ。あたしはカフェオレを、真優はミルクティーを買って戻ってくるだろう。いつもそうだから。そしてまたお互いのものを味見し合うのだ。

あたしと真優が仲良くなったのは、偶然に近いものだった。

去年高校に入学して、同じクラスの中に同じ中学出身の女子がいたので、あたしはその子に話しかけた。真優も似たような流れで、別の子と過ごしていた。すると、あたしの友だちと真優の友だちは、同じ塾に通っていたとのことで、四人で話すようになった。少しして、他の二人がテニス部に入り、放課後は忙しくなってしまった。いつのまにか分かれて行動したり話したりすることが増えて、気づいたら、あたしたちは二人になっていた。

最初はあまり気が合わないなあと思っていた。真優は恋バナが多くて、ぶりっこしているような雰囲気があったから。でもあるとき、話の流れから、お薦めの少女マンガを貸してくれて、読んでみたら超おもしろかったので、あたしたちはしばらく盛り上がった。どのキャラが好きとか嫌いとか、自分がマンガの中の世界にいたら、どういう感じになるかとか。

放課後の教室で、飽きもせずにマンガの話をしているときに、さんざん笑ったあとで、真優がぽつりと言った。

「二人で話すと、一人で読んでたときよりおもしろくなる」

あたしが思ってたことを、そのまま言葉にしてもらった気がした。気持ちのいい、驚くような感覚があった。

あたしは真優と話すことに夢中になった。知っていたはずのあらゆるものが、真優の視点という別のフィルターを通すことで、色を変えていくみたいだった。お互いの好きなマンガを貸し合ったり、お互いが知らない中学時代の同級生のエピソードを話したりしながら、どんどん距離を縮めた。

それでも、仲良くなって少し経った夏休み前の時期に、真優からこう打ち明けられたときには、あたしは危機感をおぼえた。

「告白されて、付き合うことになったんだよね」

そこがファストフード店だったのも、真優がバニラシェイクを、あたしがメロンソーダを飲んでいたことも、はっきり記憶している。壁際の席で、壁には太陽をイメージしたような黄色い丸が描かれた絵が飾られていたのも。

「まじで？　おめでとう」

あたしはあわてて明るい声を出したけど、内心、ショックを受けていた。中学時代の友だち経由で知り合った修成くんが、なんとなく気になっているというのは、もちろん聞いていたけど、付き合うとなると、真優がいなくなってしまうような気がした。ずっと近くにいたのに。

だけど覚悟したほどじゃなかった。休みの日に遊ぶ機会は減ったけど、修成くんはサッカー部の活動に熱心らしく、平日はほぼ毎日、土日でも頻繁に練習がある。

修成くんとは今までに三回くらい会ったが、初めて会ったときには内心ガッカリしてしまった。真優の話しぶりから、王子様みたいなイケメン男子を想像していたのに、鼻が上向きで、背もさほど高くなく、頬《ほお》のニキビ跡が目立っていた。学校が違うことで、真優は修成くんの浮気を普段から心配しているけれど、そこまでモテるようなタイプには見えなかった。

それでも、修成くんはあたしに対して気遣いしてくれているようだったし、何より真優のことをものすごく好きな様子が伝わってきた。真優が話すのを、嬉《うれ》しそうに見つめていた。

付き合って一年近くが経っても、真優の修成くんに対する愛情は冷めていないようで、時々けんかをすることはあっても、聞かされるのはたいていのろけだ。

「本当に会えてよかったなって思うんだよね。前世で双子だったのかもとか考えちゃう」

「最初にキスしたときに、それまでめっちゃ緊張してたんだけど、どこかでものすごく落ち着いたんだよね。安心感っていうか。中学のときに付き合ってた子とも、一回キスはしたんだけど、そのときとはまったく違ったの」

「ずっとくっついてると、どこまでが自分の身体かわかんなくなるんだよね。二人で一つのかたまりなのかもなー、って気になってくるんだよ」

自分の感覚から生まれたというより、マンガやドラマの受け売りっぽく感じられることも多いけど、そういう言葉を口にしているときの真優は、いつも真剣そうだ。あたしにはよくわからない、理解することのできない感情が、真優の中には溢《あふ》れている。

いつになったら、あたしにもそんな気持ちが生まれるんだろう。ある日、雷が落ちるみたいに、どーんと衝撃を受けるほど、誰かを好きになったり、激しく触れたいって思うんだろうか。マンガの中で幾度となく目にしてきた衝動を、あたしも知ることができるんだろうか?


ごはんできたよー、と呼ばれて、食卓につく。

夕食はあたしと母親の二人でとることが多い。お兄ちゃんは大学生になってから忙しいらしいし、父親はあたしが小さいときから仕事で帰りが遅い。今日もそうだ。

全体的に茶色の料理が多い、いつもの食卓。話すこともそんなにない。

残り物の筑前煮《ちくぜんに》の人参を口に入れたとき、ちょっとすっぱい気がした。

「ねえ、これ、すっぱくない?」

正直に言うと、母親は、えー、と言って筑前煮の入った器を持ち、匂いをかぐ。

「傷んでるのかも。捨てるわ。ごめんごめん」

口に入れたのが小さいものでよかったと思いながら、あたしは烏龍茶《ウーロンちゃ》を飲み、白米を食べる。

「もったいないわね」

母親が言った。あたしに向けてというより、筑前煮を少し恨めしそうに見ながら。

もったいないという言葉を、最近他の誰かからも聞いたような気がして考え、すぐに思い当たる。昨日のフードコート。男子の紹介を断ったあたしに、真優が言ったのだ。もったいないなー。

残っている筑前煮は、見た目には全然変化はない。だけど、見えないところで、取り戻せないほど大きく損なわれてしまった何かがある。

あたしもそんなふうに、いつのまにか損なってしまうのだろうか。もう二度と取り戻せないものを。

女子高生でいられるのは、ほんの一瞬。

「どうしたの、気持ち悪くなっちゃった？　大丈夫？」

母親ははっきりと、箸《はし》を止めてしまっていたあたしを見ている。

「ああ、ううん、平気。ぼんやりしちゃった」

あたしは言い、キャベツと油揚げのおひたしを頬張る。

今しかできないこと。今しか知れないこと。あたしはどんどん、もったいない存在になっているのかもしれない。

練習を終えたサッカー部らしき生徒が、また何人か校門を通って出てきたけど、修成くんはいない。

制服の異なる、別の高校の女子が一人で立っている姿は、それなりに目立つのだろう。サッカー部にかぎらず、出てくる生徒たちは、あたしのことをチラリと見ていく。視線に気づかないようにしながら、こんなところで何をしているのだろう、という思いが湧いてくる。

おとなしく帰って、英語の課題をやるべきかもしれない。両手で支えている、自転車のかごの中のカバンに目をやる。普段ロッカーに入れっぱなしの教科書も電子辞書も忘れずに持ち帰ってきた。

もともとは真優とファミレスでやるつもりだった。明日あたしは英語の授業で当てられることになっていて、それまでに範囲となっているページを訳しておかなきゃいけない。あたしが英語が苦手なのを知っている真優が、手伝うよ、と提案してくれていたのだ。

でも昼休みになり、真優が、ごめん、と申し訳なさそうに言った。中学時代の友だちから連絡が来て、一緒に共通の友だちのお見舞いに行くことになったらしい。申し訳なさそうな真優に、あたしは何度も、いいよ、と言った。大したい量でもないし、頑張れば自分だけで問題なくできる。

いつ、ここに来る決意が固まったんだろう。自分でもわからない。いつもは二人で歩いている、二階の教室から生徒玄関への道のりを歩いているとき。駐輪場で自転車の鍵《かぎ》を開けているとき。実際に自転車をこぎ始めたとき。

引き返すタイミングはいくらでもあった。それなのにペダルを踏みながら、反対に、行くしかない思いを必死に固めていった気がする。わざわざ書店に立ち寄ったり、大してやりたくもないパズルゲームをやったりして、時間調整までして。

もうすっかり暗くなりかけている。お腹もすいてきた。

やっぱり帰ろう、と思いかけたとき、同じように自転車を押している三人組の男子が校門から出てきて、その中の一人と、しっかり目が合った。修成くんだった。久しぶりに会うので顔がわからないかもしれないと思っていたが、確信した。

向こうもあたしに気づいたようで、あれ、と声をあげて、近づいてきた。

「どうしたの？　真優は？」

「ちょっと話があって。少しだけ大丈夫？」

「話？　いいけど。ごめん、先に帰っていいよ」

男子二人にそう言うと、修成くんは再びあたしのほうを見て、声をひそめて、真優に何かあったの、と心配そうに訊ねてきた。当然そう思うに決まっている。あたしたちの共通言語なんて真優しかないのだから。あたしは首を横に振った。

「あのさ」

声が震えた。それでも一気に言った。

「絶対内緒にするから、キスして」

「え？」

修成くんはちょっと笑って、それから怪訝《けげん》な表情をした。前に会ったときより背が高く感じられるけど、気のせいかもしれない。

果たして、雷は落ちるのだろうか。ここに。

あたしは素早く周囲を確認した。話すあたしたちを見ている人は誰もいないようだった。

上半身だけを伸ばすようにして、修成くんの唇に、自分の唇を当てる。その瞬間、右ポケットに入れているリップクリームを塗り直しておくべきだった、と思った。

修成くんの唇は、あたしの唇以上にかさついていた。

南図書館は、あたしの家からだと自転車で四十分くらい、真優の家からだと十分くらいだ。だけどあたしのほうが早く到着した。てっきり向こうが先だと思っていたので、しばらくそのあたりをさがしたけど、やっぱり来ていないようだったので、自転車を駐輪場に停めて、入り口近くに置いてある、背もたれのない木のベンチに座った。図書館の閉館時刻はとっくに過ぎているけど、働いている人がいるのか、明かりがついているのが窓から確認できる。

自転車に乗った人影が近づいてきて、それが誰なのかすぐにわかった。あたしは今さら、タクシーで来たほうがよかったかもしれない、と思った。帰りもまた同じ道のりを通らなければいけない。

真優も遠くから、座っているあたしに気づいていたようで、迷うことなくまっすぐに近づいてきた。自転車を降りて、駐輪場ではなく、その場に停める。そして座るあたしに向かって言った。

「今日、何してたの?」

既に知っているに違いなかった。あたしは答えなかった。黙っているのが答えになった。少しして真優は、なんなの、と言った。泣いてしまうかと思ったけど、ただうつむいていた。

夕食を食べ終えて少ししてから、今から会える、と真優からメッセージが来た。クエスチョンマークのない疑問文だった。どうしてこの図書館を指定したのかはわからないが、今から会える、の文字を見た瞬間から、真優がどんな話をしたいのかは知っていた。

こんな時間の外出を訝《いぶか》しがる母親には、友だちにノートを返しにいかなきゃいけないと伝えた。本当はノートじゃない。あたしが返さなきゃいけないものは。そして絶対に返せないものは。

あたしはもう顔を見ることができなくて、うつむく。自分の汚れたスニーカーが目に入る。トレーナーにスウェットという、部屋着のままで来てしまった。

「修成の友だちから、修成がキスしてたって聞いて、確かめたら、彩葉に無理やりされたんだって言ってた。それって本当なの？　どういうことなの？」

見られていないのを確認したつもりだったのに、「友だち」に見られていたのかということや、「友だち」はどこにいたんだろうということや、「友だち」はどうしてわざわざ伝えたんだろうということを思った。世界は狭い。少なくともあたしたちのいる世界は。

「修成のこと好きなの？」

違う、とはっきり否定することができる。全然好きじゃない。やっぱりかっこいいとは思わなかったし、キスも気持ち悪かった。でも好きだということにしたほうがまだマシかもしれないとも思うと、何も言えない。

「どうして？」

知りたかったんだと思う、とあたしは心の中だけで答える。

知って、共有したかった。真優が話す感情を。リップグロスみたいに、クレープみたいに、マンガみたいに。一人で味わっていたときにはわからなかったことが、二人だったらわかった。他のものなら。でも、キスはそうじゃないのだ。

「前にみさが、彩葉ってちょっと浮いてたって話してたけど、あたしはそれでも仲良くしたかったのに」

みさは同じ中学出身の女子だ。知らない場所でそう話されていたのに少しショックを受けるのと同時に、どこかで納得もする。周囲に合わせていたあたしの努力は、やはり不足していたのだろう。

「なんでそんなにひどいことできるの？」

ひどいこと。そのとおりだ。あたし自身でも説明ができない。こんなにひどいことだとわかっているのに、どうしてわざわざ自転車を走らせて、あんなふうに近づいたんだろう。正直に、わからない、と言ってしまいたい。どうしてあたしはあんなことしたのかな、と相談したい。

「なんか言えよ」

真優の声量が大きく、口調が吐き捨てるようなものになる。できるわけないのだ、相談なんて。

「ねえ、まじで信じられないんだけど。あたしたち友だちだよね？　仲いいよね」

泣いているのかもしれない。確かめたい気持ちもあったけど、顔をあげることができない。真優の声が、斜め上からあたしに向かって吐き出されていく。

「彼氏いらないとか言ってて、人の彼氏狙ってたとか、ほんとに最悪なんだけど。いつから狙ってたの？　言っとくけど修成は、彩葉のこと全然好きじゃないからね。いきなりキスされて気持ち悪かったって言ってた。ブスだしって」

首筋に風が当たる。今日はやけに冷える。髪を切ったから余計にかもしれない。やっぱり切らなければよかった。早く伸びればいい。また前みたいに。時間を巻き戻せたならいいのに。

「さっきから黙ってるけど、こんなん許されるわけないことだからね。人として最低だし最悪。気持ち悪い。ずっと仲良くしてた時間とか、ほんと返してほしいんだけど」

耳に届く声から、泣きはじめたのがわかった。あたしのせいで泣いている。まぎれもなく、あたしのせいで。

世界が終わればいいのに、とあたしは思う。願いは叶わない。誰かが通りかかる。あたしがいじめられているように見えるだろうか。傷つけたのはあたしのほうだ。

「許せない。正直消えてほしい。もう意味わかんない」

続いていく世界で、数時間前まで親友だった女の子が言う。あたしたちの友情は、世界に何も影響しない。

ここに来る途中に、工場を見かけた。あ、と思って確認した看板には、カタカナの企業の名前が書かれていてガッカリした。中山工場はどこにあるんだろう。真優に訊ねてみたかったけど、もうどんな問いも許されていないのだった。

非共有

けして座り心地がいいとは言い難い、折り畳み式の椅子《いす》に座り、目の前の丸い小さな木製テーブルの上の、自分が記入したA６サイズの紙を見る。相手に向いて置かれているので、こちらからだと上下逆になっている。読みにくいが、さっきのことなので、何を書いたかは憶えている。

「はじめまして」

シャツとスラックス姿の男性が向かいの折り畳み式椅子に座る。眼鏡《めがね》をかけていて、年齢はおそらくわたしと同じくらい。そう思いながら、彼が置いた紙を見てみると、二つ歳下の二十九歳とある。

「はじめまして」

同じように頭を小さく下げて、紙を相手に近づける。目の前の本人ではなく、紙に書かれた情報を見ることで、相手を判断していくなんて、不思議なものだ。

SE。地元は都内だけど一人暮らし。弟が一人いる。趣味は旅行、カメラ。好みのタイプは優しい人。お酒は時々、タバコは吸わない。休日の過ごし方は、読書や映画鑑賞。

「フリーライターの方って初めて会いました」

向けられた感想に、わたしは答える。

「あんまりいないですよね」

「どうやってなったんですか？」

「大学時代に出版社でバイトしてたんですけど、そのときに雑誌の手伝いで、ページを埋めなきゃならないってなって、文章を書いてみたら、そのあともやらせてもらうことになって。まあ、流れなんですけど」

「すごいですね」

平坦な口調で向かいの男性は言い、わたしは、いえ、と答える。答えを用意しておいた甲斐《かい》があった。一応出版社や雑誌の名前も決めておいたのだが、そこについては訊かれなかった。

最近見た映画の話を軽くすれば、二分なんてあっというまだ。

「はい、まもなくお席交換タイムとなりますー」

司会の女性がマイク越しに呼びかける。さして広くない会場なので、マイクなしでも充分通りそうな声質だ。

「あ、そうだ、あの」

「はい」

さっきまでの薄い微笑《ほほえ》みがなくなって、真剣な顔立ちになった男性に、思わず身構えてしまう。何を訊ねられるのか。

「フリーライターって、いくらくらい稼ぐんですか?」

「え?」

「普通の会社員くらい稼げるんですか? 僕一人の稼ぎだけでは、子どもができると難しいんですけど、産休とか育休とか、そういう待遇はないですよね、やっぱり」

わたしは相手を見つめた。男性は冗談を言っているわけではなさそうで、まっすぐにこちらを見ていた。

「はーい、それではお席交換タイムです。男性のみ一つ左のお席に移動してくださいねー」

司会の女性の声が耳に飛びこむ。

「いきなり収入訊ねてくるって、ほんとどういうことなの？　だって出会って二分だよ、出会って二分。レトルトごはんじゃないんだからさ」

シークワーサーサワーを一口飲んで、淳子《じゅんこ》は、やけにいいテンポでそう言った。乱暴な言葉に反し、表情はうっすらと楽しげに微笑んでいる。

「びっくりしたよ」

真剣に結婚を考えているということの裏返しかもしれないが、初対面の人にいきなり年収を訊ねる不躾《ぶしつけ》さのほうが、ずっと印象に残った。彼は誰かとカップル成立したのだろうか。チェックさえしていなかったことに気づく。

わたしも淳子も、一応はカップルとして成立した。それぞれの相手と、理由をつけてし駅で別れ、構内のトイレで合流したのだった。お友達同士での参加は、気後れしててしまう男性の方もいらっしゃるので、できたら一人ずついらしたということにしてくださいね、と受付で言われた忠告を律儀に守り、合流するまでわたしたちはほとんど目も合わせなかったし、当然言葉も一切交わしていなかった。ただ内心では、あとで相手に話そうと決めて、会場でのエピソードを積み木のように重ねて高くしていた。合流した瞬間の、ひどかったねー、超疲れたよねー、という淳子の第一声で、互いが同じ気持ちだとわかった。

何度か来たことのある、この沖縄料理店に向かう電車の中でも、よどむことなくスラスラと話しつづけた。わたしの中でも、淳子の中でも、一番印象に残ったのは、SEの男性の発言だった。

「普通の会社員くらい稼げるんですか、って訊き方が、普通の会社員にもフリーライターにも失礼な感じだよね」

わたしは海ぶどうを飲みこんでから言う。言い終わらないうちに、ほんとだよ、と淳子は言葉を重ねる。

「あと、女性側にだけ『得意料理』って欄があったの、どうかしてない？　これだけジェンダーフリーが叫ばれてる時代に。思いっきり差別だよね」

淳子の言葉に、わたしは二度深く頷いた。

テーブルの隅に置いていた、わたしのスマートフォンが振動する。見ると、さっきカップル成立したばかりの男性である長谷部《はせべ》さんからのメッセージだった。淳子に伝えると、ひゅー、と時代遅れの冷やかし方をされた。ひゅーって、と言いながら、わたしは文面を確認する。

《今日はどうもありがとうございました！
彩《あや》さんとカップル成立できてよかったです^^

よければ近いうちにどこかで飲みたいのですが、来週の週末はお忙しいですか？あ、平日だと、水曜と金曜はノー残業デーなので夜はあいています^^よろしくお願いします！》

黙読し、なんてなんて？　と嬉しそうな淳子に、そのまま画面を見せた。すぐに読み、眉間に皺《しわ》を寄せる。

「あやの漢字、違わない？」

「わざと変えたの。一応、検索されないようにと思って」

「さすが。賢いね」

「ちなみに苗字も微妙に変えて、里田《さとだ》にした」

「確かに身分証チェックされたのって、受付だけだもんね。わたし、普通に名前そのまま書いちゃった。まあ、綾《あや》と違って、検索されたところで、たいした情報出てこないからいいけど」

里村《さとむら》から一字変えた架空の苗字を記入してから、運営の人にチェックされたらどうしよう、と心配になったものの、呼ばれるのは胸につけた、百円ショップで売っていそうな番号札の数字だけだった。

返されたスマートフォンを受け取り、わたしはまたテーブルの上に置いた。淳子が怪訝《けげん》そうにその様子を見ている。

「返事しちゃいなよ」

「うーん、飲みかあ」

「いいじゃん、飲みくらい」

長谷部さんの顔を浮かべようとするが、早くも霧がかかったようになっている。柔らかい印象の、薄い顔立ちだった。ネイビーのポロシャツを着ていた。

「でもそこまでテンション上がらないのもわかるな。別に、本当に好きになるわけじゃないもんね。ただ、あの場にいると、カップルにならないと、自分はダメなんじゃないかって思わせる空気になるというか」

「そう、それ」

淳子に的確に言葉にしてもらい、自分が抱えていたモヤモヤの一部分が晴れる。

今日行ったパーティーは、三つのコーナーに分かれていた。各二分ずつの自己紹介タイム、何人で話してもいいという歓談タイム、基本的に一対一で話すフリータイム。

自己紹介タイムが終わるとすぐに、第三希望までの相手の番号を記した紙を提出する。それらは歓談タイムの間に集計され、歓談タイム終了時に、自分を第三希望まで入れてくれている相手の番号がそれぞれに配られる（第一希望なのか第二希望なのか、はたまた第三希望なのかまではわからない仕組みだが）。いくつかの番号が並んでいるのを見たときに、それらが誰なのか確認するより前に、安堵感《あんどかん》をおぼえた。少なくとも、自分に悪くない印象を抱いた相手がいる、という事実に。

フリータイム後の、最終的なカップル発表の時間も、自分の番号が呼ばれたときに胸に広がったのは、嬉しさや喜びよりも安堵感だった。相手は中間発表でもこちらの番号を書いてくれていた、穏やかな印象の男性だった。一つ歳上で、メーカーの営業職ということだったが、具体的な会社名までは聞いていない。もっとも、わたしのように嘘《うそ》をついている可能性だってあるから、どれも確かな情報ではない。

淳子もまた、カップル成立していた。相手はサーフィンが好きだという、陽に灼《や》けた、実年齢よりも若く見える男性だった。職業は憶えていない。男性は十五人ほどいたため、よっぽど何度も話した相手でない限り、誰と何を話したのか、誰がどんなことをプロフィールシートに記入していたのか、思い出すのは困難だ。

「彼とは飲みに行くの？」

わたしは訊ねた。彼と呼んだのは、名前を記憶していないからだ。淳子は頷《うなず》く。残り少なくなっているシークワーサーサワーを飲んでから、口を開く。

「ものすごく行きたいってわけではないけど、行ってもいいかなっていう感じ」

「話すことありそう？」

届いたばかりのメッセージを思いつつ、訊ねた。わたしにはさほど話すことや話したいと思うことは浮かんでいない。これから恋人になっていくのだという予感も熱意も生まれていない。少なくとも今のところは。ただ、それらは育っていくものなのかもしれない。

「うーん、どうだろうね。ものすごくおしゃべりって感じではなかったけど、明るそうではあったよ。あ、あと、ゴルフもやるらしいから、シミュレーションゴルフ行ってみてもいいかも」

「シミュレーションゴルフ」

「知ってる？　ゲームみたいな感じで練習できるんだって。こう、画面があって、自分のスイングが反映されるの」

手振りをまじえて説明してくれるのを聞くが、おそらく自分は一生足を踏み入れない場所だろうと思う。もっとも、今日のお見合いパーティーにしてもそうだ。少し前に彼氏と別れて、出会いがなさすぎて死にそうと訴えている淳子に誘われなければ、行ってみようなんて考えもしなかった。

「ゴルフやったことあるの？」

「実家帰ったときに、父親に付き合って、練習場に何回か行ったくらいだけどね。コースとかは全然。でも、びしっと真ん中に当たったときは、気持ちいいよ。打った瞬間にわかるの」

「へえ」

それもわたしは一生知ることのできない感覚なのだろう。

淳子は年に三回ほど実家に帰っているらしい。飛行機で片道一時間半ほどかかるけれど、混む時期をずらして、早めに予約すれば、意外と安くつくのだと言う。わたしが都内の実家に帰る頻度よりも多いくらいだ。そういえば父もゴルフをやるはずだが、一緒に練習場に行くなんて、考えたこともなかった。

ゴルフの経験があるというのもだが、大学時代からの付き合いである淳子とは、その長さの割に、互いのことをよく知らない。こうやって二人で会うようになったのは、一年くらい前からだ。淳子が勤めていた銀行を辞め、フリーランスの翻訳家になったのがきっかけだった。そのときまで、彼女が銀行に勤める傍《かたわ》ら、翻訳学校に通っていたことも知らなかった。英米文学科の中でも特に、英語が得意だというのは知っていたが、それさえ人づてだったかもしれない。翻訳の仕事をするのは高校時代からの夢だったというのは、最初に二人きりで食事に行ったときに聞いた。

「綾も行きなよ、飲み」

話題が戻り、わたしは、うーん、と言いながら、飲み物のお代わりを頼むために手をあげて店員を呼ぶ。レモンサワーをもう一杯飲もうかとも思ったが、マンゴージュースに切り替える。お酒はあまり強くないのだ。わたしは同じので、と、淳子がジョッキを軽くあげる。淳子はわたしよりはよっぽどお酒が強い。酒豪というほどではないが。

「なんか、あんまり話すことが浮かばなくて」

「別に無理して話さなくても、黙ってたっていいじゃん。向こうが話してくれるかもしれないし、本当に気まずかったら帰ればいいんだから」

あっさりと言われてしまうと、そんな気もしてくる。

「綾ってどれくらい彼氏いないの？」

「なに、突然」

「いや、そういえば聞いたことなかったなと思って。前の彼氏ってどういう人？」

石井《いしい》さんの顔が脳裏をよぎる。綾、とわたしを呼ぶ声まで一緒に。振りほどくように、ゴーヤチャンプルーに箸を伸ばす。

とりたててかっこいいわけでも、ものすごくおもしろいわけでもなかった。身長は平均より少し高く、猫背気味だった。視力がそんなによくないのに、眼鏡をかけるのをいやがって、よく目を細めていた。しそとセロリが嫌いだった。

「別に、普通だよ」

石井さんを表現する言葉が浮かばずに、わたしは会話を終わらせるように言った。

「秘密主義?」

「そういうわけじゃないけど」

わたしは笑ったが、どこか取ってつけたみたいな感じもした。淳子は唇の端《はし》を少しだけあげて言った。

「小説が恋人だもんね」

違うよ、とわたしは即座に否定したが、淳子にしても、本気でそんなふうに思って言ったわけではないとわかっていた。わたしが仕事に情熱を注いでいるようには見えていないだろう。むしろ情熱を注ぐことができたなら、どんなにいいだろうと思っている。書きかけの小説は、ここのところちっとも進んでいない。

「はい、こちら、マンゴージュースとシークワーサーサワーですね」

マンゴージュースは濃いオレンジ色をしていて、ささっているストローは、斜めにピンクの太い線が入っている。無理して明るい洋服を着ているみたいな組み合わせだな、と思う。

〆切が迫っていた短いエッセイを一つ書き上げて、編集者にメールで送ると、パソコンの電源を落とした。暗くなった画面に自分の疲れ果てた表情がぼんやりと映る。椅子から離れ、デスクの隣に置いている二人がけソファに移動する。本当は小説に手をつけようと思っていたのだが、そんな気分になれなかった。

小説を書くのはずっと、楽しい行為だった。いつからこんなふうに憂鬱《ゆううつ》な作業になってしまったのかは、自分でもわからない。

マグカップのルイボスティーを口にする。すっかり冷めてしまっている。

新人賞の佳作をとったという連絡は、実家の自室で受けた。ここよりもずっと狭い空間だ。わたしは大学二年生で、二十歳《はたち》になったばかりだった。

そのひと月ほど前、最終選考に残ったという連絡をくれたのと、同じ女性からの電話だった。初めての担当編集者となった人だ。最終選考に残った時点で、奇跡のように感じて、どこかで満足していたのか、応募したこと自体忘れかけていた。佳作という言葉を何度も訊ね返した。

高校生の双子の姉妹が、幼い頃に別れた父親に会いに行くという話だった。道中、片方の隠していた秘密がわかったり、そのことで諍《いさか》いを起こしたりもしつつ、父親が働いているはずの高等専門学校に到着したところで、物語は終わる。原稿用紙にして九十枚くらいの短篇だったため、その枚数でも受け付けている新人賞を探して送ったのだ。もし今なら、審査員がどんな作家であるかとか、歴代受賞者には誰がいるのかとか、データをふまえて、投稿先を選ぶだろうけれど、当時は何もわかっていなかった。ただ、書き上げたという達成感と勢いだけがあった。

小説とも呼べないようなものばかりだったが、文章を書くのはずっと好きだった。一人っ子であることも関係しているのかもしれない。最初は小学生時代に、好きな少女小説の続編を勝手に想像しては書きつらねていった。中学生くらいからはオリジナルの物語を創作していたが、どれも途中で飽きて、ノートやパソコンには、書きかけの文章ばかりが積み重なり、そのうちに忘れた。

大学一年生の春休みに、ふと、久しぶりに小説を書いてみようと思い立った。特に理由はなかった。長い休みに、あまりに退屈していたせいかもしれない。最初に思いついたのは、海辺でレストランを経営している三十代の女性と、偶然店を訪れた男子大学生のラブストーリーだった。いつか見たドラマの影響を思いっきり受けていた上に、ラストは無理やりまとめた感じだったが、二百枚ほどのそれをひと月ほどで書き上げると、書くこと自体が楽しくなってきて、続けざまに別のタイプの小説を三つ書いた。佳作に入ったのは、そのうちの一つだ。他の作品も別の賞に応募していたのだが、それぞれ、一次通過、二次通過、一次通過、という結果だった。

毎日パソコンに向かい、ひたすらに指を動かして、頭に思いついた場面を、どんどん文章にしていった。短い文章を練りつづける作業すら楽しかった。

あんなふうに小説に向き合っていた情熱が、どこから湧き出ていたものだったのか、今となっては教えてもらいたいくらいだ。わたしはまた、冷めたルイボスティーを飲む。マグカップは実家から持ってきたもので、猫らしき動物が描かれている。特に気にいっているわけではないが、大きくて使いやすいのだ。

受賞については、両親と祖母、中学時代からの友だち数人にしか伝えていなかったのだが、噂《うわさ》好きの誰かによって、すぐに大学のサークル内にも広まった。とはいえほっといても、別の誰かによって知らされただろう。応募時にはペンネームをつけていたのだけれど、本名のほうがいい、と担当編集者に強く説得され、本名である里村綾のままで受賞することになった上に、女子大生作家という安直な名称とともに、いくつかの雑誌や新聞からもインタビューを受けたから。

わたしや淳子が入っていたのは、「街のあり方を考える」という、名目だけはしっかりとしているものの、休日にどこかの駅に集まっては食べ歩きをしたりするだけの、縛りのゆるいサークルだった。休日に集まることよりも、平日の夕方くらいから大学近くの居酒屋で飲んでいることのほうがずっと多く、わたしも淳子も、さほど熱心に顔を出すわけではなかったが、気が向いたときには足を運んでいた。

わたしの受賞祝いという口実で開催された、単なる飲み会には、淳子も来ていたと思うけれど記憶にない。憶えているのは、みんなからお祝いとして万年筆をもらったことと、似たような質問ばかりされたことだ。

「自分の実体験なの？」

違うよ、とか、違いますよ、とか、わたしは律儀に否定した。本当に実体験ではなかったからだ。わたしに双子の姉妹はいないし、両親も離婚していない。舞台設定も、東京より地方をイメージしていた。

もっとも、サークル仲間たちだけではなかった。雑誌や新聞のインタビュアーたちも、訊き方は違うが、同じ内容の質問をわたしに向けた。

女性が女性を書いたら、作者と同一視されてしまうものなのだろうと思ったが、そのあと、男性を主人公にした作品を書いても、質問の内容はさほど変わらなかったから、おそらくみんなそこが気になるのだろう。

万年筆は何度か試したものの、うまく使いこなすことができず、箱に入ったままでデスクの引き出しに入れている。

細々とやってくる執筆依頼にこたえる中で、本を出版できるようになり、ヒット作と呼べるようなものが二つほど出た。何度も重版がかかり、一つは単発の二時間ドラマ化された。

就職しないという選択は正しかったのだ、と、あのときのわたしは思った。二十六歳だった。大学時代から続けていた、テレオペのバイトをやめてもなお、余裕があるほどのお金が入ってきた。

けれど今、生活はさして豊かではない。広めの1LDKの家賃が、明らかに毎月の大きな負担となっている。書いているものがさほど劣化したという自覚はないけれど、売り上げは落ちている。重版のお知らせも、映像化の話もしばらくない。

最近は、なんとか小説家としてやってきたというこれまでよりも、どうなっていくのかまるでわからないというこれからばかりを思う。過去ではなく未来を思うといえば聞こえはいいが、実質は不安に満ちているだけだ。

ずっと、架空の物語を書いていた。頭の中ででっちあげた、わたしの中だけにあったストーリーだ。実体験か問われるたびに、いいえ違います、と即座に否定できるようなもの。けれどいいかげん、同じ書き方には限界が来ているのかもしれない。数少ない恋愛経験を基に、長い恋愛小説の一つでも書いたほうが、読み応えのある、しっかりしたものになるのかもしれない。

わたしはクッションを抱き、ソファの背もたれに斜めに倒れこむ。ここのところ、執筆に行き詰まるたびに考えてしまっている。同時に、石井さんの顔や声や手や感触が浮かんでくる。呪いみたいに。


前澤《まえざわ》さんというのが誰なのか、メッセージを受け取った時点では、よくわかっていなかった。着いて早々に、シミュレーションゴルフでの一部始終を聞き、ようやく、このあいだのお見合いパーティーで、淳子がカップル成立していた相手だと合点がいった。

「遊び相手探してるんだったら、お見合いパーティーなんかじゃなくて、出会い系でもやれっつー話だよ」

ひどい口調になっているのは、それだけ頭に来ている証拠《しょうこ》だろう。昨夜《ゆうべ》淳子は前澤さんと過ごし、シミュレーションゴルフで「べたべたと触られ」たあと、飲みに行った安い居酒屋でも、さんざんつまらない話をされたあげく、「不自然なボディタッチされまくって」、店を出たときに、「腰を抱かれて『二人きりで話せるところに行こうか』っていう寒い誘われ方をされたから、殴りたいのを我慢して、『明日早いんで』って帰った」のだと言う。

「はーあ、ちゃんとしてるように見えたのになあ」

漫画みたいに大げさなため息をついて、淳子はさらに言う。わたしは、そうだよね、と同意した。彼の顔はまったく思い出せないが、少なくとも悪い印象は抱いていなかった。

「やっぱ、お見合いパーティー来る時点で、どこか問題あるってことだよね」

ずいぶんと乱暴なくくり方だと思ったが、そうかもねえ、と相づちを打った。

「綾はもうハセべさんと会ったの?」

ここまでずっと聞き役となっていたわたしに気を遣ってか(もっとも淳子といるときはたいてい聞き役になっていることのほうが多いのだが)、そう訊ねられ、わたしは彼とのやり取りが途切れてしまったのを思い出した。こちらが候補にあげた日にちが、向こうと合わず、かといってそれ以上訊ねられることもなかったので、流れてしまったのだ。事実を伝えると、淳子は眉間の皺を深くした。

「何それ」

「まあ、合わないからいいか、って思ったんじゃない？」

「だったら別の日にち出せばいいじゃん」

「予定がハッキリしなかったのかも」

長谷部さんをフォローするかのようになっているのが、自分でも意味のわからない行為だった。そして淳子は、彼の苗字を記憶していたんだなということに少し遅れて気づき、驚く。興味の問題だろうか。

「綾だって別の日で訊いてみたらいいのに」

「正直、そこまででもないし」

言い訳じみた口調になったのがわかった。

「いいなあ、余裕あって」

淳子のつぶやきの主語や意味がわからず、余裕？　と訊ねると、余裕、と繰り返された。

「わたしなんて彼氏いないことに焦りまくりだよ。このまま一生一人なのかなとか考えちゃう」

そこまで言われてようやく、自分の態度を指しているのだと気づいた。余裕じゃないけど、と言ったが、続く言葉は出ない。

「みんな結婚するよね」

独りごとみたいな言い方で、淳子は言った。

「そうだね」

結婚した女友だちの顔を浮かべながら答える。むしろ独身の友だちのほうがずっと少なくなっている。こうして平日夜に突然会える、自由業同士の淳子は、貴重な存在だ。

「なんかさ、五年後とか、どうなってるのか考えて不安になるよ。今と同じ狭い部屋に一人で暮らしてるのかな、とか。仕事もこのまま続けられるかわかんないし。銀行やっぱ辞めなきゃよかったかなって考えて、鬱モードになっちゃったりする」

翻訳業というのは、かなり大変なものらしい。淳子がやっているのは映像翻訳で、ひたすらに目と頭を使うのだということも、そのわりに稼ぎが低いのだということも、何度となく聞かされた。

「わたしもたまに考えるよ。五年後どうしてるんだろう、とか」

答えの出ない問いだと思いつつも、考えてしまうのは止められなかった。想像は、歳を重ねるごとに、悪いものになっている気さえする。今借りている部屋の家賃を払えないタイミングも、やがて訪れるのかもしれない。それどころか、小説執筆の依頼自体が途絶えるという可能性だって、充分にありえる。

結婚も出産も、しないと決めているわけではないが、現状をふまえると非現実的だ。一人で部屋で倒れたとしても、誰にも気づいてもらえないような日常を送っている。石井さんはもう、わたしの部屋にはやってこないのだから。

「意外な感じする。綾って悩まないイメージだった」

淳子はわたしに言ったが、そのリアクションのほうがむしろ意外だった。自由業同士、共感できる悩みのように感じたからだ。

「ものすごく悩むよ。家賃払い続けられるのかな、とか、一生結婚しないのかな、とかしょっちゅう考えてる」

「へえー。あんまり表に出さないの？」

「そうなのかも」

わたしは手元の烏龍茶を飲み、このところ仕事もあんまりモチベーション持てなくて、と言った。淳子は、わかるー、と強く同意したあとで言う。

「でも、小説家ってやっぱり、自分が経営者のような部分があるのは楽だよね。自分の意志と判断だけで動けるわけじゃない？　翻訳はもっと、中間管理職的な感じがあるから。綾は才能あってうらやましいよ」

「そう、かな」

経営者のような部分というのも考えたことがなかったし、突然出てきた才能という言葉に、少しの戸惑いをおぼえてしまう。

「あと、綾の場合、実家が都内っていうのもうらやましいなあ。うちは田舎《いなか》だから。ど田舎。何もないし、あんなところに戻りたくないから、やっぱり自分で働くしかないんだよね」

わたしの思考速度はスローだ。淳子が、わたしが実家に戻る可能性を示唆《しさ》しているのだと気づくのに、少しのまを要した。言葉の意味を把握したとき、淳子は、次の飲み物を選ぶためにメニューを開いているところだった。

「実家は全然帰ってないし、帰る場所とも思ってないよ」

わたしの言葉に、淳子は、えー、たまには帰りなよ、と軽い響きの返事をした。あまりこちらの意図は伝わっていないようだった。すみませーん、と言い、淳子は店員に向かって軽く手をあげる。

ショートストーリーの仕事をくれた、初めて会う編集者の女性から、石井さんの名前が出てくるとは思っていなかったので、それだけでも、わたしは内心、激しく動揺していた。

「そうですね。何人かで飲み会したりとか。結構前ですけど」

里村さんってライターの石井さんと仲いいんですよね、というのがわたしに対する質問だった。訊き方から、わたしたちの間に起きた出来事を知っている感じはまるでなかったが、動揺が表に出ないように、必死で抑えつつ答えた。

「ああ、やっぱり。なんか以前、石井さんの書評日記で読んだことある気がして。うちの出版社でもよくお仕事お願いしてるんですよ。もうすぐお子さんが生まれるみたいですね」

「え」

声がこぼれた。

「あ、ご存じなかったですか？　まだ発表してないのかな。でもうちでもみんな知ってるので、秘密ってわけじゃないと思うんですけど。来月か再来月だったかな。石井さん、いつもはクールな感じだけど、相当張り切ってるみたいですよー」

テーブルの下で、太ももをつねった。にぶい痛みが、なんとか自分をここにとどめているようだった。一方ではもっと強烈《きょうれつ》な、激しい痛みが、自分をバラバラにしていくような感覚にとらわれてしまう。花柄のカップの中に残っている紅茶を飲みほしてしまいたかったが、伸ばした手が震えそうな気がした。

「そうなんですかー。最近お会いしてなかったので知らなかったです。石井さんがパパになるなんて意外ですねー」

妙にはしゃぐような声を出しているのが自分だと思えない。透明な壁越しに、別の自分が見ている。

「ですよねー。でもああいう人ほど子煩悩《こぼんのう》になるんじゃないですかね？　なんて、勝手に言ってたら怒られちゃうかな」

目の前の女性の笑いに合わせるように、わたしも笑う。笑いたくなんてないのに、笑っている。

俺は綾を傷つける存在でしかないから、と言って、彼がわたしの家に来るのをやめたのは半年ほど前だ。おそらく奥さんの妊娠がわかった頃。体外受精という可能性もあるが、妻とはセックスレスだから、と言っていた彼の言葉が嘘という可能性のほうがずっと大きい。認めたくないけれど。

嘘つき。嘘つき。

繰り返そうと、届くはずもない。届かせようとしていないのだから当然だ。わたしはまた、スカート越しに太ももをつねる。

「綾が突然誘ってくれるなんて珍しいよね。どうしたの?」

それぞれ一杯目となる青島《チンタオ》ビールを一口飲んで、淳子は言った。

「いや、実は」

わたしは少しためらいながら言った。

「付き合ってた人が、子どもできたって判明して」

軽く響くように、笑いを付け足したつもりが、全然うまく笑えなかった。淳子が表情を変える。

「え、どういうこと?」

わたしは、挟まれた質問に答えつつ、少しずつ説明した。

フリーライターである石井さんと、本のインタビューをきっかけに知り合い、何人かでの飲み会を経て、そのうちに二人でも会うようになって、恋に落ちたこと。初めて寝るまで、彼が結婚しているのだと知らなかったし、彼の奥さんが会社員であるのもそのときに聞かされ、彼の奥さんとは会ったことがないこと。今日の昼間に編集者から聞かされた、衝撃的な事実。

「なんなの、そいつ。まじでふざけてるね。信じられない」

怒りを表情にも滲《にじ》ませながら、淳子は言った。だよね、と同意した瞬間、自分の目から涙がこぼれたのでびっくりした。話していくうちに、ようやく実感が生まれた気がした。石井さんはわたしと別れ、父になるのだ。

編集者の女性との打ち合わせを終えたあと、スマートフォンを持って、消せていなかった連絡先を、じっと見つめていた。何も知らないふりをして連絡したらどうなるのか。あるいは何もかも知った怒りと悲しみをぶつけたらどうなるのか。

どちらも選べずに、わたしは淳子にメッセージを送った。今夜突然会える友だちは、他に思い浮かばなかった。

わたしはバッグの中のポケットティッシュを取り出し、涙をふき、洟《はな》をかんだ。涙はすぐにおさまった。ごめんね、と謝ると、淳子は、全然だよ、と首を横に振りながら言った。

「もういっそ、全部書いてやればいいじゃん」

淳子に言われ、え？　と訊き返す。淳子は棒棒鶏《バンバンジー》をお皿に取っているところだった。

「綾はせっかく小説家なんだから、カテにすることを考えなきゃだめだよ」

「カテ」

普段使わない単語なので、糧、という漢字と意味が咄嗟《とっさ》に浮かばなかった。

「そうだよ。不倫とかそんな、普通の女の人が悩んでるようなことで悩む必要ないって」

淳子の言葉が突拍子もないものに思えて、わたしは相づちを打つのも忘れてしまう。自分が「普通の女の人」に含まれていないなんて、考えたこともなかった。

「前にテレビで、あの人がしゃべってるの見たよ。ええとね」

淳子が出した名前は、恋愛小説を中心に書いている、ベテランの女性作家のものだった。わたしも一、二作小説を読んだことがある。ただ、話がどうつながっていくのかはわからず、ただ頷《うなず》いた。

「失恋するたびに、ラッキーって思うんだって。傷が深ければ深いほど、書けるものも増えるから、って。綾もむしろ、得した、ネタになった、くらいの感じに思いなよ。これできっと一作書けるって」

淳子はこちらをまっすぐに見ていた。誰かに似ている、と思い、すぐにわかった。お見合いパーティーで収入を訊ねてきた男性。顔も思い出せない彼の視線は、確かにこんなふうに澄んでいた。悪気なんて一切ない。むしろよかれと思って言っている。良心も正義も、ちゃんとある。

きっとわたしに「自分の実体験なの？」と訊ねてきたサークル仲間もみんな、同じような顔をしていただろう。

わたしは何か言いたくて口を開くが、言葉に詰まってしまう。何を、どこから、伝えたらいいのか。

ベテランの女性作家とわたしは、たまたま職業が同じなだけで、思考はまるで違うこと。わたしは「普通の女の人」からはみ出したいと思っているわけではないこと。今回の件で傷ついていて、得したなんて思えないこと。実体験を基にして小説を書いていないこと。ただ一緒に悲しんでもらいたいこと。

いや、言いたいのは、それだけではない。

小説家も、おそらく経営者も、自由なだけの仕事ではない。「才能」なんていう不確かなものだけでずっと仕事を続けてきたのでもない。実家が近いからといって逃げ場所と捉えているわけではない。

このあいだの淳子の発言が、ずっと胸のあたりに渦巻いていたのだと、今さら気づかされる。

わたしは自分が失望しているのを自覚する。この悲しみや苦しさを、糧なんて言葉でごまかしてほしくはなかった。勝手に小説家を特別視して、ずれた理屈に当てはめてほしくない。

しかも淳子は、わたしの作品をいくつか読んでくれているはずだった。何度か感想をくれた。友人かつ読者であるならば、小説が実体験に基づいたものではないとわかってくれているはずなのに。

「ほら、ちゃんと食べないと」

淳子が、口だけではなく、手を止めているわたしのお皿を取り、棒棒鶏や空心菜《くうしんさい》の炒め物をよそってくれる。まぎれもなく優しさだ。わたしを傷つけるつもりなんてまったくない。

楽しさを共有するには最高の相手だ。お見合いパーティーで会っただけの見知らぬ誰かの悪口でずっと盛り上がったりもできる。けれど、今、苦しさを共有できない。

「うちの両親が離婚してるのって、言ったっけ?」

意外な問いかけに、首を横に振った。淳子はわたしの目の前にお皿を置き、斜め上を見つめてから言った。

「わたしが中学生のときなんだけど、母親の不倫が理由で離婚したの。本当に修羅《しゅら》場《ば》だったから、綾は大事にならずに別れられてよかったと思うよ。母親は結局、その相手ともすぐに別れたみたいだし」

初耳だった。淳子はお見合いパーティーで出会った相手について話すときのように、眉間に皺を寄せてはいないし、嫌悪感を滲ませてはいなかった。明日の天気の話をするようだった。

「憎んでないの？」

わたしは訊ねる。自分ならば憎むに違いなかった。

「母親を？　相手の男の人を？」

「どっちも」

「当時はむかついたけど、まあ仕方なかったのかなって感じかな、今は。もともと父親と母親って、うまくいってなかったっぽいし。あと、わたしも小説家だったら、このこと書くのになあって思う」

淳子は言い終わると、わたしに向かって小さく笑った。料理を取り分けてくれているときには意識していなかったが、左手の小指には、小さい青い石のついたピンキーリングがはまっている。

わたしは、ふさわしい言葉を頭の中で必死に探す一方で、自分のほうこそ、ずれた理屈に当てはめていたのだと気づく。

自由業や独身というくくりの中で、何もかも共有し、分かち合えるようなつもりになっていた。こんなにも違う人なのに。

淳子は本心で話している。もしも彼女が小説家だったなら、実体験を基にして、小説を書いていくのだろう。つらい経験を糧にして、普通の女の人が悩むようなことで悩む必要はないと思いこんで。

周囲との差異を、職業のせいにして逃げ込んでいたのは、わたし自身だった。まっすぐな問いに、濁した答えで応じ、分かり合えないことを、愚痴《ぐち》や嘆きに変換していた。そうではなく、ただまっすぐに答えればよかったのに。

目の前に置かれたお皿に、綺麗に盛られている、空心菜の炒め物に箸を伸ばす。おいしいと思う感覚は、わたしのものだった。わたしだけのものだった。たとえ同じものを食べていても、他の誰とも、淳子とも、石井さんとも、分かち合うことのできないものだった。

切れなかったもの

ピンポーン

ドアチャイムは間抜けな音だ、と鳴るたびに思う。平日の午前中なら余計に。どんな時間帯であっても同じように鳴っているとは知っているが。

テレビをつけっぱなしの居間から玄関に向かいながら、ハットさんかもしれない、と思い、違う、と思い直す。いちいちこんなことを思う自分の間抜けさに苦笑しそうになる。ハットさんは鍵を渡して以降、チャイムなんて鳴らさなくなっていたし、何より、彼がやって来るはずはないのだ。

「はーい」

ドア越しに応答すると、宅配業者の社名を名乗られた。ドアスコープで確認する気にはならなかった。はい、とまた答えながら、鍵に手をやり、きしみがちなドアを開ける。

果たしてそこに立っていたのは、制服姿の男性だった。黒い小さめの箱を持っている。通販会社のもので、何度となく見たことがあった。玄関に置いてあるスタンプ式の印鑑を、男性に提示された、伝票の受取部分に押す。印字された宛名はわたしと一字違いで、けれどわたしではない。

「ありがとうございましたー」

快活な返事をする男性に、小さく頭を下げ、見送る。完全にドアが閉まったのを確認してから、また鍵をかけた。

中身はブランド名から察するに、化粧品らしい。このあいだも買っていたような気がするが、確認しようという気はもちろんなかった。居間に置いておくか、二階の部屋の前に置いておくか悩んでいると、階段を降りてくる足音が聞こえた。

「まったく、朝っぱらから来なくてもいいのに」

振り向くと、目をこすっている、いかにも眠そうな姿の姉がそこにいた。肩を過ぎたくらいの髪がはねている。紺の大きめのTシャツを着て、下は下着のみだ。レースがほどこされた真っ黒い下着が、やけに白く、たるみの出ている太ももに妙に合っていて、思わず見ないようにした。

十時過ぎは朝っぱらではないとも、下くらい穿《は》いたほうがいいとも言えずに、わたしはただ、受け取ったばかりの黒い箱を手渡す。姉は宛名部分を確認すると、ああ、と低い声で納得する様子だった。化粧水と乳液ね、という言葉は、わたしに向けられた感じでもなかった。聞くまでもなく、確認できてしまった。

「最近またいろいろ買ってるんじゃない？」

けして強く響かないように、気をつけながら言ったつもりだったが、姉がこちらに向けた視線の強さに、ついひるむ。

以前姉に渡した預金通帳が、どのように使われているのか、わたしは知らない。把握させてももらえないし、したところで、恐ろしくなるだけのような気もする。増えることがないであろう数字。数字が限りなくゼロに近づいたときのことを、姉は恐れたりするのだろうか。

「必要なものしか買ってないから大丈夫よ。バカじゃないんだから」

バカじゃないんだから、というのは、姉の口癖《くちぐせ》の一つだ。

「フレンチトースト食べたいな」

姉は言い、また二階にのぼる。二階に荷物を置いてきたり、身支度をしたりする間に、フレンチトーストを作っておいてくれ、ということだろう。昨夜作って、わたしは今朝《けさ》も食べた豆腐となめこのお味噌汁が、まだ鍋に残っているので、それを片づけてしまってほしかったのだが仕方ない。炊飯器の中のごはんも、中途半端に余ってしまいそうなので、あとで冷凍しておこう。夕食のメニューはきっと改めて、姉によって提案される。今みたいなつぶやきによって。

五十歳を過ぎてもフレンチトーストを食べたがるものなのか、と思うが、逆に言うと、現在の姉を取り巻いているものの多くは、彼女の実年齢にはふさわしくない。レースのほどこされた黒い下着。一体どこで、誰に見せているのか。知るよしもないし、聞き出す勇気もないけれど。

わたしは台所に向かう。フレンチトーストを、とにかく作らなくてはならない。

バカじゃないんだから、と言い訳のように口にする姉はかつて、本当にバカではなく、むしろ賢い子どもとして評判だった。中学では学年三百人ほどの中で、三位以内の成績をキープしていたし、当然のように、高校はこの地域で一番の進学校に入学した。高校卒業後は、ここから通える国立大学に進学するものだろうと考えていた。祖母も両親も、おそらく学校の教師も。

しかし姉は、高校三年生のある日、わたしは東京の大学に行く、と言い放った。家族全員が揃《そろ》って食事をとっているときに。並んでいた料理や、そのときの祖母と両親の表情なんかはさすがに忘れてしまったが、行きたい、とか、行こうと思っている、とかではなく、行く、と言い切ったことを鮮明に記憶している。

四歳下のわたしは、大学に関してまだ曖昧《あいまい》なイメージしか持っていなかったが、それでもやはり、姉の選択には驚いた。新幹線に乗らなければ行くことのできない、今までに家族で二回しか行ったことのない東京は、わたしにとってひどく遠い、フィクション的な場所だった。姉が東京に行きたがっているのは初耳だった。もっとも今考えれば、姉の気持ちや考えていることについて、何一つとして理解できたことはないのだけれど。

口数が少なく、いつもは穏やかな父が、何をわけのわからないことを言っているんだ、という内容のことを、方言まじりに怒鳴っていた。初めて見る姿だった。

父は元々、姉の大学進学そのものについて、あまり賛成していないようだった。女だからという理由だ。当時は大学に進学する女性は今よりもずっと少なかったし、その中でも四大は限られていた。父としては、四大に行かせることすら不本意だったのに、東京という思いもよらない単語を出され、わたしとは比べものにならないほど驚いたに違いない。

結局、数か月にわたる攻防の末、折れたのは父のほうだった。許諾《きょだく》というよりも、半ば無視するような形での呑みこみだったが、明らかに以前よりもずっと冷たくなった父の態度を、姉はまったく気に留めていないようだった。

姉はなんなく希望の大学の希望の学部（ちなみに経済学部だった）に合格し、ひとかけらの感傷も見せることなく、この家を出ていった。それが強がりなどではないのは、最初の夏休み以外はほとんど帰ってくることもなくなった姉の行動からも示されていた。我が家の中では、姉のことが話題にのぼる機会が徐々に少なくなり、やがてタブーのようになった。母だけはごくたまに電話をしていたようだったが、詳細は知らない。頻度や内容など、今にいたるまで、確かめたこともない。

確かめていないことは、他にもたくさんある。中でももっとも気になっているのは、なぜあの日、突然帰ってきたのか、という点だ。いつからこの家の鍵を持っていたのかだって謎《なぞ》だ。けれど聞いたことはないし、聞く予定もない。なんとなく、といった類いの返事しか想定できない上に、それが真実であれまかせであれ、あの日のことを蒸し返す結果となってしまう。封印してしまったほうがいいのだ。バカじゃないんだから。

「おいしいー。やっぱり文《ふみ》ちゃんは料理上手だよね」

姉が言う。染み込ませる時間も浅く、特別な材料を使っているわけでもないフレンチトーストをそんなふうに評してくれるのは、姉好みの、甘めの味つけにしたのが功を奏しているのだろう。卵液に多量のはちみつを入れただけではなく、焼いて仕上げたあとにも砂糖をかけている。

姉は甘いものを好む。それも和より断然洋だ。誘われて何度か一緒に、少し離れた場所にあるホテルのケーキバイキングに行ったことがあるのだが、かなりの数のケーキを、早食いというわけでもなく、通常と特に変わらぬスピードで平らげていく姿に呆気《あっけ》にとられた。わたしはフライドポテトやピザなど、少ない種類の軽食を挟むことで、味覚に変化をつけようとしていたのだけれど、姉はそういった小細工も一切なく、ひたすらにケーキだけを片っ端からとり、気にいったものは繰り返し食べていた。その淡々とした様子が、恐ろしくすらあった。

姉の怖い部分は、変さではなく、普通さなのだと思う。普通に見える部分、というのだろうか。動揺が見えず、むしろ冷静に物事を片づけていく。動揺していたほうがよっぽど納得できる場面で、姉はいつもと何ら変わりない。父が声を荒らげたときだってそうだったし、両親が亡くなったというわたしからの連絡で、数年ぶりに帰ってきたときだって、そしてあの日だって。

「夜は久しぶりに中華とかどうかな。酢豚とか」

想定していたより、提案に近い口調だ。姉の手首が目に入る。手にはそれなりに皺が刻まれているが、手首は細い。おそらく姉は人生において、標準体重を上回ったことがない。ガリガリと形容するほどものすごく細いわけではないが、ぱっと見で、標準体重を下回ることがわかる程度には細い。これだけ甘いものを摂取していながら。姉の思考だけでなく身体のしくみまで、わたしにとっては畏怖《いふ》の対象だ。

「酢豚、いいかもね」

わたしは答える。会話だけを抜き出したなら、まるで姉が作るかのように思われるが、調理するのはわたしだ。姉はまったく料理をしないし、台所に何があるのかを把握していないはずだ。おそらく缶切り一つの位置すら。この家に戻って住むようになり、もう十年以上が経つというのに。

「出かけるけど、夜までには戻ってくるね」

姉は言い、わたしは頷く。

姉は頻繁に出かけている。行き先は知らない。たまに帰ってきてから、どんな映画を見たかとか、何を食べたかとか、話すことはあるのだが、一人きりとは思えないものが多い。口にしないことについては訊ねない。

わたしも時々出かけるが、ほとんどの場合は一人だ。親しくしていた、学生時代の友だちや、かつての職場である信用金庫の同僚たちは、いずれもそれぞれに家庭をもうけ、遠方に住んでいる人も多い。最後に会ったのや連絡をとったのがいつなのか、すっと思い出せないほど疎遠だ。ハットさんがいた頃ならもう少し出歩いていたのだが、彼はもういない。

「あ、あと、トマトと卵の炒め物もいいかも」

姉の言葉に、わたしはまた頷く。

姉によるほぼ毎日の献立のリクエストは、もちろん大変なときもあるのだが、実はさほどイヤというわけでもない。何でもいいと言われたほうが困ってしまう。わたしは姉と違って明確な希望を持っていないのだ。両親が薦めるままに、家から通える短大に入ったときも、父の紹介によって、地元の信用金庫に就職したときも、我慢や不満は特に生まれず、むしろ誇りすらあった。姉とはまるで似ていないわたしの性質に、両親や祖母が安堵しているのが伝わってきたから。

姉が東京でどんな仕事をしていたのかは知らない。きっとわたしができないことをたくさん経験してきたのだろう。

あとで冷蔵庫の中身を確認し、買い出しに行かなくては、と思う。やるべきことがあるのはいい。どうせ時間を持て余してしまう日々なのだから。

明るい音楽がかかっているスーパー。最寄りの店は他にあるのだが、商品の質が向こうよりいいように感じて、うちから二番目に近いこちらのスーパーが、わたしの行きつけだ。

野菜売り場で、メキシコ産アボカドの表示を目にして、ハットさんを思い出す。かつて彼自身が旅をしたという、メキシコのビーチの美しさについて、ブログでも細かく書いていたし、実際に会ったときにも話してくれた。

彼は旅が好きだったし、旅の話をするのも好きだった。もともと彼のブログを見つけたのは、旅行関連のことを検索していたのがきっかけだった。実際に行こうとしていたわけではなく、テレビで見かけた海外のとあるスポットに憧れがつのり、なんとはなしに調べてみるうち、たどりついたのだ。寝たきりの祖母を置いて、わたしが旅行するのは、不可能だった。両親を亡くしたあとならなおさら。彼の書く、世界数十か国の旅行経験についてのブログは、わたしを束の間、家以外の場所に連れていってくれた。

ブックマークに登録し、数日かけてバックナンバーを読みあさってから、最新記事にコメントをしてみた。今までも誰かのブログを読みこむことはあったが、コメントするというのは初めてだった。記事をおもしろく読んだことや、読んでいるこちらまで旅行した気分になれたということなど。

検索で上位になっていたほどだし、それなりにコメント数もついていたのだが、彼はわたしのさして内容のない言葉に対し、丁寧な返事をくれた。文末には、今までの旅行先で好きなのはどこですか、という質問までつけて。

翌日に返事を確認したときに、自分で思っていたよりも嬉しくなった。ちょっとしたプレゼントをもらったような気分にすらなっていた。別に律儀に答える必要はないと知っていたが、質問に答えるため、新たにコメントした。学生時代の卒業旅行先であるスペインの建築物が美しかったという話。もう十年くらい前ですが、となんの気なしに書いて投稿してから、これでは年齢がばれてしまうな、と気づいたが、気にすることもないと思い直した。

そのコメントにもまた丁寧な返信をもらい、以来、やりとりが始まった。一日ないしは二日に一往復程度のゆるやかなものだったが、わたしの心を弾ませるのには充分だった。家の中の雑務と、祖母の介護で過ぎていく毎日の中で、ハットさんの言葉は、わたしにとっての清涼剤だった。

続くやりとりの中で、ハットさんとわたしは、同じ県内に住んでいる事実が判明した。てっきり東京住まいだと思っていたので、意外ではあったが、ものすごく嬉しくなった。向こうも偶然に驚いていたようで、よかったらコメントではなくメールください、という一言をくれた。本当に出していいものか迷ったものの、次の瞬間にはメール画面を立ち上げていた。

初めて会う日も、時間も、お店も、ハットさんが主導で決めてくれた。わたしはひたすらに緊張し、着ていく服を悩みに悩んだ末、新たに購入したりもした。買ったのは、薄いブラウン地に、うっすらと濃茶のストライプが入ったワンピースだ。わたしのほうが五歳ほど上だと、今までのやりとりの中で判明していた。若作りに見えてしまうのも、あまり老けて見えてしまうのも避けたかった。

当日、スペイン料理店に到着したのはわたしが先だった。彼を待ちながら、切りたての前髪に何度も手をやった。彼が現れたとき、わたしは、嬉しさに笑いそうになり、こんなに嬉しがっている自分を意外に思った。彼もまた、細い目をさらに細くするように微笑んでくれた。実年齢と聞いていた二十六歳よりもさらに若く見えた。彼が小柄で細身なことと、黒い無地のシャツと、細身のジーンズというカジュアルな格好であったことも関係していたのかもしれない。

「はじめまして。って感じもしないけど」

想像よりも少し高めの声を聴いた瞬間、わたしはこの人が好きなのかもしれない、と思った。

彼が敬語ではなく、まるで昔からの友だちのように話しかけつづけてくれたことで、強い緊張が、完全にではなかったが和らいでいった。スペイン料理店を指定したのも、文子《ふみこ》ちゃんが前にコメントでスペインのことを書いていたから、と流れの中で打ち明けてくれて、その細やかな気遣いと、彼の記憶力のよさに感激した。

わたしはコメントを書き込むときはいつも、きみどりと名乗っていた。パソコンの近くに、たまたま黄緑色のトートバッグがあったからで、さして深い意味はなかった。きみどりさんって、本名は何？　と食事をはじめてすぐに訊ねられ、わたしはフルネームを名乗った。そうすると、じゃあ文子ちゃんって呼ぶね、と返ってきた。そんなふうに自分を呼ぶ人はめったにいなかったので、新鮮に感じたし、少し気恥ずかしくもあった。かつて家族からは文ちゃんと呼ばれていたが、もうそう呼ぶ人すら周囲にはいなくなっていたから。

わたしも彼の本名を教えてもらったが、いい呼び名が浮かばず、ブログで使われていた名前のまま、ハットさん、と呼んだ。彼は特に注意するわけでも、修正を求めるわけでもなかった。わたしが、いつも帽子をかぶっているのかと思った、と言ったら、笑いながら、好きな曲のタイトルからとったんだよ、と答えてくれた。その曲を聴いてみたいと思ったが、なんとなく、詳しい情報を聞きそびれてしまった。

「文子ちゃんって主婦なの？」

スペインについての彼の思い出話が一段落し、そう質問されたとき、わたしは一瞬答えるのをためらった。けれど既に赤ワインで酔いはじめていたこともあり、嘘をつくのも面倒になっていた。

「ううん。しばらく働いてない。家で祖母の介護があって」

「介護？」

「数年前から寝たきりで。前は母親が面倒みてたんだけど、両親が交通事故で亡くなっちゃってからは、職場も辞めて、ずっと家にいるんだ」

「そうだったんだ」

「あ、ただ、介護の人たちが週に何度か来てくれてるし、完全にわたし一人で面倒みてるってわけでもないんだけどね。まあ、他に家族もいないし」

両親の葬儀のとき以来会っていない姉の顔が浮かんだが、すぐに消えた。明るく響くように話したつもりが、早口で、言い訳じみた感じになった。話題を切り替えようと、次に話す内容を考えていると、向かい側から手を伸ばされた。

ハットさんの右手が、わたしの頭に乗せられ、カーブに沿うようにして何度か動いた。頭をなでられたのだ。

「文子ちゃんはすごいね」

手を何度か動かしながら、彼はまっすぐにこちらを見つめていた。わたしは、そんなことないよー、と答え、直後に泣き出しかけた自分に慌てた。

当たり前なのだ、と言い聞かせていた。両親の事故によって、加害者である運送会社側からは多額の慰謝料を受け取っていた。家主である父がいなくなり、まだ少し残っていた住宅ローンは免除された。祖母とわたしで生活するには充分すぎるほどのお金が手に入ってしまった。だからこの先、恋愛なんて二度としなくても、友だちと遊びに行くような日々が訪れなくても、結婚をしないままになっても、仕方ないのだろうと。しっかりと意識があった頃の祖母は、施設に通うことすらいやがっていた。たとえ今、意識がないにしても、施設に入れるわけにはいかなかった。母がやっていたように、自分もやらなくてはいけなかった。わたしは大切に育てられたのだから。今まで祖母や両親が望むようにやってきたのだから、これからだって。

「すごいよ」

彼が繰り返した言葉に、わたしはついに泣いてしまった。向かいの彼の表情と、頭に触れている手が、より優しくなったように感じられた。手を離してほしくなかった。頭をなでるだけではなく、抱きしめてもらいたかった。わたしからも触れたかった。こんな衝動が自分に生まれるのだと戸惑う一方、なぜか安心していた。

「あ、すみません」

自分と同世代になるのだろうか。四十代くらいに見える女性に、後ろから軽くぶつかられ、謝られる。あ、いえ、すみません、というわたしの返事が届いたかはわからない。

明るい音楽がかかっているスーパー。あの日のスペイン料理店とは、似ても似つかない。これが今、わたしのいる場所だ。

帰って、スーパーで買ってきた食材を冷蔵庫に入れていると、チャイムが鳴った。

ピンポーン

間抜けな音だ、というのと、ハットさんかもしれない、というのを、同時に思った自分にまた苦笑する。パブロフの犬、だったっけ。まさにそれだ。

チャイムを鳴らしたのは隣人だった。隣とはいえ、真隣はしばらく前から空き家となっているため、それなりに離れている。中年というよりも老年にさしかかっている女性。

「こんにちは。これ、回覧板ね」

「どうも。わざわざありがとうございます」

女性がちらりと視線を動かし、姉の靴の一つに少しだけ目を留めたのに気づいたが、何も言わなかった。真っ赤なハイヒール。わたしが履くことはないような靴だ。誤解されたかもしれないが、弁解のしようもない。

「じゃあ、どうもね」

「すみません、ありがとうございます」

回覧板なんて玄関の前に置いておいてくれればいいのに、と思うが、言えるわけはなかった。それでもうちは近所づきあいは少ないほうだ。中高年の姉妹二人で暮らしているなんて、噂話の種になっていても不思議はないが、特に耳に入ってくるというわけでもないし、直接何かを訊ねてくるような人もいない。

台所に戻り、手を洗ってから、料理を作りはじめる。やることが決まっているのはいい。

酢豚とスープのための野菜やきのこをひととおり切り終え、ボウルに入れたあとで、冷蔵庫に入れていた豚ブロック肉を取り出す。ラップをはがして白いトレイから出し、洗ったばかりで水の残るまな板の上に置く。

豚コマ肉を買う予定だったが、ブロック肉が安売りされていたのだ。おそらく余るので、その分は別の料理に使おうと決めている。

長方形のかたまりが、包丁によって、さほど強い力を加えなくても、小さなかたまりになっていく。

「切れる?」

あのとき、姉はそう訊ねた。わたしは質問の意図がわからずに、え? と訊ね返した。さんざん泣いたあとでも、涙はまだ溢れ出ていた。

「このまま運ぶのは難しいでしょ、二人じゃ」

姉はわたしのベッドで横たわるハットさんを、立ったまま上から眺めていた。彼をうつぶせに動かしたのはわたしだった。顔を見たくなかったから。

「切るって、どうやって」

「ノコギリとか? でもどっちにしても、ここで切るのは無理だし、お風呂場とかに運ばなきゃいけないから、手間考えると同じなのか」

姉の言葉の意味がわからず、わたしは曖昧に頷いていた。

姉はさらに言った。

「このまま埋めようか」

「埋める？」

「庭に、穴掘って、埋める」

子どもに言うみたいに、一言ずつを区切りながら姉が言った。

「そんなこと」

「じゃあどうするの？　警察？　刑務所生活できるの？」

「わからない」

答えながら、わたしはまた泣いてしまった。何もかもわからなかった。どうするべきなのか、どうしていいのか。ただ自分のしたことが恐ろしかったし、ハットさんが死んでしまったことが信じられなかった。首を絞めたのは、まぎれもなくわたしなのに。

結婚することになった、と彼はわたしに告げた。親のつながりもあって、断れない相手なのだと言う。だからもう文子ちゃんには会えない、と。しかしいつもどおりセックスはしたし、いつもどおり彼はセックスのあとですぐに眠りについた。眠る彼を見ながら、この人と二度と会えないなんて、この手が他の女の人に触れるなんて、と考えるうち、頭が破裂しそうになった。頭も身体も、何もかもバラバラになって、壊れてしまいそうな気がした。

祖母の部屋にあったタンスの引き出しから、着物を着つける際に使う紐を持ち出し、多少の物音ではまるで起きる気配のない彼の首に巻き付け、一気に両端を引いた。彼の発した声は、もはや言葉ではなく意味不明なものだった。どのくらいそうしていたのだろう。確実に命が失われたとわかってからも、しばらくそうしていた。

そして朝まで、彼の隣に寄り添っていた。

あの朝、チャイムは鳴らなかった。鍵の音がした。意味がわからなかった。

「文ちゃんー？　いるー？」

階段をのぼる姉の足音が聞こえてもまだ、わたしは動けなかった。姉がわたしの部屋のドアをノックして開いて、思いきり目が合ったとき、自分がどんな顔をしていたのか、知るよしもない。

姉は警察の人だったのか、と思ったわたしは、相当に動揺していたのだろう。殺すつもりじゃなかったんです、とわたしは言った。姉がどう答えたのか、それから何を訊ねてきたのか、まるで憶えていない。ただ、切れる？　という質問からのことは、なんとなく記憶している。

ホームセンターまで車を出して調達した、さまざまな道具。想像以上に大変で、二人がかりでも数日を要した、庭の土を掘る作業。掘りかけの土の上にかけていた青いビニールシート。階段から落としそうになりつつも必死に二人で運び、冬だというのに強い冷房をかけつづけた部屋で寝かせていた、ハットさん。いつもと変わらなく見えた寝たきりの祖母。破片のような記憶たちは、わたしの中に残りつづけていくのだろう。

「前にもこういうことがあったの？」

夜に二人で庭を掘っているとき、わたしは姉に訊ねた。

「こういうこと？」

「殺人、とか」

姉が慣れた様子に見えていたのだ。ずっと疑問に感じていた。

「あるわけないでしょう」

大笑いした姉は、あまりに普通だった。どうして普通にできるのかが、わたしにはわからなかった。ずっとわたしの理解を超えていた姉は、そんなときですら、自分とは別の生き物だった。

埋める前に見た、彼の財布内にあった免許証の名前は、聞かされていた本名とはまるで別のものだった。ハットさんがわたしにどれだけ嘘をついていたのかは謎だ。携帯電話は川に捨てた。持っていたら見たくなってしまっただろうから、それでよかった。結婚も本当は、既にしていたのかもしれない。

半分ほど残ったブロック肉を、またトレイに戻し、ラップをかけなおす。切った半分は、一つずつがだいたい同じ大きさで、まな板の上に並んでいる。でもきっと人間ならば、こんなふうに綺麗には切れない。

もうあれから十年以上が経つ。殺人の時効は撤廃されたから、わたしの罪は消えていない。いや、撤廃されていなくたって。

姉が当たり前のように、この家でまた暮らしだしたのは、あの日からだ。祖母は姉が戻ってきて一年もしないうちに、おそらく姉の存在も把握できていないまま、死んでしまった。九十一歳だった。

姉はわたしより四歳上だけど、わたしは自分のほうが先に死んでしまうような予感がしている。わたしが死んだら、庭に埋めてほしい。けれどそんなことを遺言にして残したのなら、庭が掘り返されてしまうのだろうかと思い、書き留めてはおらず、もちろん姉にも言っていない。姉がどう答えるのかも見当がつかない。やめなさいよ、バカじゃないんだから、とでも言うだろうか。

切った肉を、野菜とは別のボウルに入れる。どこに行ったかわからない姉は、まだ帰ってこないようだ。

お茶の時間

夜七時の閉店時刻間際。鳥の鳴き声がして、わたしは顔をあげた。

鳥といっても本物ではない。人が通ると、センサーが感知して、鳴き声が出るようになっている置物だ。水色と黄色がまじった羽の色をしている。

「いらっしゃいませ」

顔をあげるのと同時に、声を出した。反射的なものだった。

こちらに数歩近づいてくるお客さんを見て、あっ、と言った。こぼれ落ちるように、思わず出てしまったものだった。

「沼野《ぬまの》さーん、お久しぶりです」

満面の笑みを浮かべて、わたしにそう話しかけてきた女性の声や顔を、確かに知っている。どこで出会った人だっただろう。きっと編集部だ。えっと、名前が……。

「原《はら》ちゃん？」

記憶が結びついた瞬間、当時の呼び方がそのまま口をついた。苗字が原本《はらもと》だから原ちゃん。目の前にいるだいぶ年下の彼女を、そんな単純な由来でついたあだ名で呼んでいた時期があった。もう五年ほど前になるのだろうか。

「おぼえててくれたんですねー、嬉しいです」

記憶の中の彼女と、目の前にいる彼女は、ずいぶん異なって見える。認識できるくらいだから、顔のつくり自体は面影を残している。ただ、全体の見た目やしゃべり方といったものは、だいぶ変わったようだった。わかりやすく言うと、派手になった。

化粧っ気のなかった顔には、しっかりとメイクが施されている。長めに引かれたアイライン。イエロー系でまとめられたシャドウは、目元に陰影を与えている。ピンクベージュのチーク。ファンデーション自体も、高いものを使っているのだろう。毛穴まできちんとカバーされている。

当時、ポリシーというのではなく、単に伸ばしっぱなしにしていたであろうセミロングの黒い髪も、今は少し長めのショートカットで、ゆるくウェーブがかけられ、透け感のあるキャラメルカラーになっている。軽く動きもあって、春の気配を先取りしているみたいだ。

春の気配に満ちているのは、服装もだった。編集部にいたときの格好は、夏ならTシャツ、冬ならセーターで、下はたいていジーンズだった。どれも無地で、いつも黒っぽい服。今目の前にいる彼女は、ペパーミントのシフォンワンピに、前を完全に開いたベージュのトレンチコートを合わせている。ワンピは胸元の下が絞られ、裾《すそ》にはレースがついている。首にはゴールドのシンプルな細いネックレス。ヘッドの透明な石はダイヤだろうか。足元の薄いブラウンのショートブーツには、太めのヒール。

そして引いているキャリーバッグは、落ち着いた赤。

「編集部のみなさんとは連絡取られてますか？　会ったりとか」

向けられた質問に、わたしは答えた。

「そんなに頻繁にじゃないけどね。たまに明奈《あきな》が来てくれたりするけど。あ、明奈って、樫井《かしい》ね」

「わー、樫井さん。懐かしいなあ。今も編集部にいらっしゃるんですか？」

「うん、変わってないよ」

「どのくらいのペースでいらっしゃってるんですか？」

「来ないときは全然かな。数か月あくこともあるし。普段はそんなにやりとりもしてないし、休みも合わないから、お店以外で会うのはなかなかね」

「お二人、仲良かったですもんねー。わたしも久しぶりにお会いしたいなあ」

原ちゃんは少し考えこむような表情を見せたのち、今度はまた明るい表情になって言った。

「にしても、沼野さんがお店始めたなんて、びっくりですよー。あ、雑誌で見たんですけど。どの雑誌だったかな。忘れちゃったけど、とにかく、ここが紹介されてて。台湾茶《タイワンちゃ》の専門店なんですよね。すごく素敵って思いました。あたたかみがあるっていうか、落ち着けそうで。いつからお店を開こうと思っていたんですか?」

やっぱり変わっている。一言挨拶を交わしただけでも抱いたギャップが、こちらをまっすぐに見つめて話しつづける彼女を見ているうちに、強いものとなっていく。違う人みたいだ。

一緒に働いていた頃、原ちゃんは、無口なタイプだった。こちらが軽く話しかけても、二言三言で終わってしまう。そのときも、目は全然合わせずに、明らかな緊張が伝わってくるほどだった。もっと気楽にやっていいよ、と言ってしまうほど、真面目な子として通っていた。今どき珍しいくらいだと思っていたし、実際そんなふうに言っていたのは、わたしだけではなかった。

「夢ってわけじゃなく、まあ、勢い的なところもあるんだけどね。それより原ちゃん、旅行中なの？　今も東京に住んでるの？」

気になっていたキャリーバッグに視線を向けながら、わたしは言った。話題を変えたい気持ちもあった。

「いやー、旅行ってわけでもないんですけど」

原ちゃんもまた、自分の引くキャリーバッグに視線を落とした。そして一瞬の沈黙ののち、こちらをまっすぐに見つめて言った。

「あの、今夜泊めてもらうことってできませんか？」

シャワーの音が聞こえる。部屋の片隅に置かれた、赤いキャリーバッグを見つめながら、まさかこんな展開になるなんて、と改めて思う。

泊めてほしいという突然の申し出に、わたしは当然のことながらすごく驚いた。だって、会うのも約五年ぶりだし、その時点では下の名前すら正確に思い出せていなかったのだ。

とりあえず一緒にごはんを食べに行くことにして、店を閉めてから、同じ商店街の〈カフェ　スルス〉に出かけた。近いのもあるし、何より食事がおいしいので、時々行くお店だ。わたしの母親と同世代くらいの女性たちが経営しているお店で、接客も彼女たちが行っている。彼女たちの声や、お客さんの声で、いつも店内は賑《にぎ》やかだ。それが楽しいときもあるし、正直に言うと、しんどく感じられることも時々ある。今日は二人だったので、疎外感をおぼえることなく、食事に集中できた。

キッシュのおいしさに感激している様子の原ちゃんに、わたしは訊ねた。

「泊まるところがないの？」

瞬間、彼女の表情が変わった。唇がまっすぐに結ばれ、視線は下にいった。

訊いてはいけなかったのかもしれない、と思ったけれど、原ちゃんはすぐに顔をあげ、情けない話なんですけど、と、内容にはそぐわない、どこか楽しげにも聞こえる声で、説明をはじめた。思いのほかヘビーな事情ではあったけれど、騒がしい店内にはすうっと溶けこみ、特にこちらを気にする様子の人もいないようだった。

原ちゃんには、大学時代に知り合い、社会人になってから付き合いだした彼氏がいた。合い鍵も渡して、仲良くしていたのだけれど、しばらくするうち、彼の度重なる干渉やいきすぎた束縛に嫌気がさして、別れたいと伝えた。ところが彼氏は納得しない。何度説明しても首を縦に振らず、しつこいほどのメッセージや着信が来るようになった。仕方ないので携帯電話もわざわざ変えたところ、今度は家に直接やってくる。怖くなって鍵交換もしてもらったけれど、ドアチャイムを頻繁に鳴らされたり、郵便受けに手紙が入れられていたりする。そのうえ彼は、フリーのデザイナーで、在宅勤務の身なので、やってくるタイミングは昼とも夜ともかぎらない。

早いところどこか別の場所に引っ越そうと思っているものの、時を同じくして、勤めていた大手広告代理店を退職した。いまだ転職活動中なので、職場がどこになるかで、探す物件の場所も変わってくる。なので次の就職先を決めるのが先になるとは思うけれど、それまでなるべく自宅に戻らずに過ごしたい。

かといってホテル暮らしでは、かなりの金銭的負担になってしまうし、実家では東京での転職活動が進まない。東京にいる友人は、多くが大学で知り合った子たちで、一方では彼の知り合いでもあるので、巻き込むことになっては申し訳ない。

原ちゃんの話を、ドラマみたいだと思いながら聞いていた。ほとんどの時間、驚いてばかりだった。バイトに来ていた頃は、恋愛と無縁な様子だった原ちゃんに、そんな彼氏ができていたこと。誰もが名前を知っているような、大手広告代理店に勤めていたこと。雑誌でたまたま見つけたとはいえ、わたしを思い出し、わざわざ訪ねてきたこと。

「もちろん、難しかったら大丈夫です。かなり虫のいい話だし、いきなりでご迷惑なのは当然だし」

「大丈夫って、他にもあてはあるの？」

「行きつけの漫画喫茶もできたんです。意外と落ち着くんですよ。昔読んでた漫画を読み返して、懐かしさにひたったりして。最近の漫画喫茶ってすごいんですよー。大きいところだと、ネイルサロンまであったりとか」

言われて、わたしは思わず、原ちゃんの爪を見た。指先にいくにつれ濃くなっている、ピンクのグラデーション。根元部分にはアクセントになる小さなシルバーのストーン。綺麗に整えられている。

客商売だからと、透明のベースコートしか塗らず、しかもそれすら剝がれている自分の爪が、恥ずかしいものに思えて、隠すように指を組んだ。

「何にしても、久しぶりに会えて嬉しかったです」

そう言うと原ちゃんは、はにかみに近い、小さな微笑みを浮かべた。真正面から改めて見る彼女の輪郭は、以前よりも、だいぶシャープに感じられた。顔だけではなく、体形も、全体的にほっそりしたようだ。

「一泊だったら大丈夫だよ」

痩せたのが、ダイエットのおかげならいいけど、と思っていた。ストレスやショックによるものだろうか、と一瞬よぎった心配が、わたしにそうしゃべらせていた。

「え?」

原ちゃんが驚きの声をあげる。

「うち、ワンルームで狭いけど、それでもよかったら。寝るのもソファになっちゃうけど」

「え、ほんとですか? 嬉しいです。ありがとうございます」

座ったまま、原ちゃんは頭を下げた。

わたしたちの背後で、あらー、久しぶりー、と大げさなくらいに華やかな声がした。それもいくつも。どうやら、女性たちの知り合いが現れたらしい。わたしは、今日は商店街的にそういう日なんだろうか、なんてとりとめのないことを思った。


いつもどおり八時に、アラームで目覚めると、原ちゃんはもう起きていて、昨日部屋で飲んだときに使ったグラスやお皿を洗ってくれているところだった。

「ごめんなさい、起こしちゃいました?」

「ううん、いつもこの時間に起きてるから。お皿洗いまでありがとう」

「いえいえ、全然。泊めてもらっちゃってすみません」

見てみると、使ったはずのタオルケットも、既にきちんとソファの上に畳まれて置かれている。意外としっかりしているのだな、という感想を持った。

「ほんとは朝ごはん作ろうかと思ったんですけど、冷蔵庫の中、勝手にあさっちゃうのはさすがによくないなーと。それに朝ごはん食べるかもわからなかったし」

「気にしないで。いつも適当だし。それより、原ちゃんこそ、お腹減ってない？」

「相当図々しいんですけど、実はちょっと」

「パンでいい？」

わたしは立ち上がり、数歩歩いて、キッチンに並ぶ。

「ありがとうございます」

声を受けながら、毎朝食べている八枚切りの食パンを、電子レンジのトースター機能を使って焼きはじめる。二枚ずつしか焼けないので、これが焼きあがったら、また二枚追加しよう。

冷蔵庫から卵を出す。スクランブルエッグを作るためだ。一人のときは一つか二つしか使わないけれど、二人だから三つ使うことにする。ボウルに割り入れた卵に、豆乳、砂糖、塩、こしょうを混ぜる。

「料理上手なんですね」

卵を混ぜているわたしに、洗い物を終えた原ちゃんが言う。

「これだけなのに？」

「手つきが慣れてる感じがします。すごく」

笑いながら訊いたものの、真剣に言われて、悪い気はしなかった。

卵液を作り終え、他にもパンに合わせられるものはなかっただろうかと、また冷蔵庫を開ける。上段に入れていたタッパーを取り出して、赤い蓋を開けた。豚肉だ。パンに合わせたことはなかったけれど、合わなくはないだろう、きっと。

珍しい来客に対して、品数を増やしたい気持ちもあった。タッパーの中身を小鍋にうつして、温めることにする。

もう片方のコンロで、スクランブルエッグを作りはじめる。豚肉は少量だったのですぐに温まり、卵液が半熟に固まるのもあっというまだった。

それぞれのおかずをお皿に盛りつけ、すぐ近くのテーブルへと運ぶ。ブルーベリージャムと、小皿に盛ったバターも。

既に座って待っていた原ちゃんが、朝から豪華、と声をあげる。

「豪華じゃないよ」

「だって、お肉まで。なんですかこれ、すごくいい匂い」

答えようとしたところで、電子レンジが鳴った。トーストを一枚ずつお皿に入れ、さらに二枚を追加で焼いておく。

「さ、食べようか」

わたしがそう言うと、原ちゃんは両手を合わせて、いただきます、とつぶやいた。スプーンでスクランブルエッグをすくい、トーストに直接のせる。ちょっと豆乳が多かっただろうか。若干軟らかすぎる気もしたけれど、味加減はちょうどいいようだった。

「これ、めちゃめちゃおいしいです」

原ちゃんは、早口でそう言った。彼女が指をさしているのは、さっき温めた豚肉だった。

「ほんと？　よかった。パンに合うかなって思ったけど」

「合いますよ！　っていうかこれ、なんなんですか？　角煮？」

「うん、そんな感じ。烏龍茶で煮てるの」

「烏龍茶？」

原ちゃんが、グラスとわたしを見比べるようにする。グラスの中には、水出しの文山包種茶《ぶんさんほうしゅちゃ》。薄い黄緑色をしている。

「これとは別の種類なんだけどね。期限が近くなって、売れなくなったものは、捨てるのももったいないから、結構料理に使ったりしてるんだ。臭みも取れるし、おすすめだよ」

「へえ、料理に使えるなんて、すごいですね」

そう言うと、原ちゃんはまた豚肉をトーストの上にのせ、頬張った。納得するように、何度か頷く。

朝のテーブルで向かい合う原ちゃんの姿は、昨日よりもずっと幼く見えた。部屋着なのもあるし、化粧をしていないせいもある。わたしよりちょうど十歳下の原ちゃんは、今は二十四歳か二十五歳になる計算だけれど、まだ学生みたいにも見える。

約五年前、原ちゃんはまだ大学二年生で、わたしが勤めていた出版社に、アルバイトとしてやってきた。わたしたちがいたのは、月刊女性誌の編集部で、みんなが常にいくつものやるべき仕事を抱えている、騒がしく、慌ただしい職場だった。原ちゃんは郵便物やメールの仕分け、電話応対、郵送といった類いの、こまごまとした作業を担当してくれていた。

おとなしく真面目な彼女は、多少面白みに欠ける部分もあったけれど、何かしら気になる存在でもあり、みんな何かと世話を焼いていた。東京に慣れていない彼女に、おみやげやプレゼントをあげたり、大学生活について質問してみたり。

それでも彼女がバイトを辞めてしまってからは、交流はなくなり、思い出す機会も少なくなって、今となっては皆無だった。それがまさか、わたしの部屋で向かい合って一緒に朝食をとっているなんて。

人生は何が起こるかわからないな。

それは、お店を開くときにさんざん考えたことでもあった。あの編集部に残りつづけるほうが、ずっとたやすい選択だったはずなのに。

「これ以外にも茶葉を使うようなレシピってあるんですか?」

原ちゃんの質問が、わたしを現実に戻す。

「んー、基本はそんなに変わらないかな。肉や卵と煮て、味のバリエーションがいくつかある感じ。お酢を入れてみたりとか。大体の肉は合うよ。鶏でも牛でも。デザートだと、烏龍茶ゼリーっていうのもあるけど。練乳と合わせたりして」

「へえ、それもおいしそうですね」

原ちゃんは口角を上げた。

「原ちゃんは、結構料理するの?」

ずいぶん熱心に訊ねてくるので、てっきり、自分でも作ってみようとしているのかと思い、訊き返した。すると意外なことに、首を横に振る。

「最近は全くですね。一人暮らししてた大学時代は、少しはやってましたけど。それも適当なパスタとか、そんなんです」

「え、社会人になってからは、同棲してたの？」

一人暮らししてた大学時代、という言い方が気になった。昨日彼氏の話を聞いていたときは、同棲しているとは思わなかった。

「あ、いえ」

原ちゃんは否定の言葉を口にして、頬張ったばかりのパンを流しこむみたいに、お茶を飲む。そんなに慌てなくていいよ、と言いそびれてしまう。

「同棲じゃないんですけど、彼が結構料理作ってくれてたこともあって。就職してからは、とにかく毎日帰りが遅かったし、外で食べる機会も多くて」

「代理店では営業だったの？」

営業職ならば、外食が多くなるのも無理はない。

「いや、営業ではないんですけど。あ、で、レシピは、お店に置いたらいいんじゃないかなあと思ったんですよ。小さな紙にでも印刷して、ご自由にお持ちくださいい、って書いて」

「お店？」

「沼野さんのお店ですよ」

他にあるわけないでしょう、というニュアンスを言外に含ませて、どこか自信ありげに原ちゃんは言い切った。

「レシピかあ」

あんまりピンと来ないまま返事をするわたしに、さらに原ちゃんは言った。

「今日、もう一度お店にお邪魔させていただいてもいいですか？　いくつか気になってた点があるんです」


店内をぐるりと見回し、原ちゃんは言った。

「沼野さん、これはやばいですよ」

「や、やばい？」

予想外に強い否定の言葉に、戸惑ってしまう。

「まず、何を売っているお店なのか、どれを特におすすめしているのか、そういうメッセージ的なものがちゃんと伝わってこないです。言い方は悪いですけど、ただ並べてるだけ、置いてるだけ、そんなふうに見えます」

「そうかな」

言い返す言葉を探したものの、見つけられなかった。ただいつもよりそっけなく答えるくらいしか。

「この真ん中のスペースは、思いきって片づけませんか？」

入り口を通り抜けてすぐ、店の中央には、小さな丸いテーブルを配置している。クロスをかけて、茶漉《ちゃこ》しのついたマグや、茶さじといった、いずれも台湾で購入した茶器を並べている。それらを指さし、原ちゃんは言う。

「でも、片づけるっていっても」

いきなりすぎる提案だ。

「大丈夫です、そこを整理すれば入りますよ」

今度は原ちゃんの視線は、壁沿いに置かれた、木製の商品棚に向けられている。天井まである、なかなか大きなサイズだ。お店を開くにあたり、知り合いのつてで、家具デザイナーに頼んで作ってもらった特注品。

「整理してるつもりだよ」

「もちろん綺麗には並んでますけど、ちょっと無駄が多いと思うんです。同じ商品が並んでたりしますよね。一つの商品は、一つのスペースでいいと思います。入りきらなかった分は、下の収納部分に詰め込んじゃいましょう。この棚に並べられてるお茶箱って、中に保存できるようになってるんですよね?」

わたしは驚きながら頷く。昨日も今日も、原ちゃんが、店内を細かくチェックしていたようには見えなかった。にもかかわらず、同じ商品が陳列されているのを見抜いていたなんて。

「お茶の並べ方って、何か法則があるんですか?」

「一応、種類別に。たとえばこの凍頂《とうちょう》烏龍茶は三種類あるけど、品質のいい順に、左から右に」

「それ、左右じゃなくて上下のほうがいいと思いますよ」

「上下?」

「値段が高いものを上にしたほうが、ランクの上下として分かりやすいし、目線のところにすっとお手頃な商品が入ってくるほうが、試そうかなっていう気になると思うんです。台湾茶に馴染みがないっていう人も多いだろうから、最初に目に入るものが高価だと、敬遠しちゃう気がします」

わたしは、そっか、と言うことしかできなかった。

店内をぐるりと見渡してみる。十坪の狭いスペースは、わたし自身がいくつも情報を見比べ、足を運び、予算とイメージを天秤にかけながら、悩んで決めた場所だった。人生で初めて持つ、ただひとつの自分の店舗。

置いてある家具も、物件ほどではないにしても、厳選して決めていったものだ。大きな商品棚だけでなく、売り物の茶葉や茶器、お茶を試飲してもらうときのために配置したテーブルと椅子、お湯を沸かすためのやかん、領収書を記入するためのボールペンにいたるまで、自分が納得できるものを選び抜いてきたつもりだ。

インテリアについて、ものすごく勉強したわけではないし、ものすごくセンスがいいと自負しているわけでもない。それでも、やばいという短い一言でまとめられてしまうのは心外だし、そんなはずはないだろうと反論したくもなる。

ただ、よどみなく話す原ちゃんの姿は、今までよりずっと、しっかりしたものに見えるし、彼女の言うことは、何一つ間違っていないみたいに感じられる。

「ラミネーターってあります？」

視線を店内からわたしへとうつし、原ちゃんは言った。

「ラミネーター？」

わたしは首を斜めにかしげる。

「紙をラミネート加工できる道具です。どうしても普通の紙だと、厚手のものでも、端からボロボロになってきちゃうんですよね。これもそうですけど」

商品棚には、各商品の名称と値段を示す紙を貼りつけている。指摘されたとおり、何枚かは、店内に流れた時間を表すかのように、古びてしまっている。

「ラミネートじゃなくて、ポップケースに入れましょうか。いくつか文具店で買ってきますね」

相談というより、決定事項みたいに、原ちゃんは言った。何も言えないわたしを、さして気にする様子もなく、さらに付け足す。

「じゃあすみません、この中央のスペース撤去と、棚の整理、お願いします。わたし、必要そうなもの買ってきますんで」

「買ってくるっていっても、お金とか場所とか」

「他のお店の様子も見てみたいんで、大丈夫ですよー。ちょっとそのへんをふらふらしてきますね。じゃ」

原ちゃんはそう言うと、ためらいなく、ドアを開けて出ていった。鳥の鳴き声。春の風みたいだ、と後ろ姿を見ながらわたしは思う。

買い物を終えて、店に戻ってきた原ちゃんは、とても手早く作業をした。無駄も迷いもまるでない、気持ちいいくらいの鮮やかな作業風景だった。

作業の合間にも、お客さんがやってくれば、もちろんそちらが優先となる。スカイツリーを見たくて、自転車でやってきたという主婦らしき女性客を見送って、わたしは言った。

「お昼ごはん、どうしようか」

よかったらおにぎりでも買ってくるけど、と提案しようと思ったのに、それよりも早く返事が来た。

「さっき、おにぎり買ってきましたよ。安くてびっくりしちゃいました」

「それって」

「すぐ近くの、『伊藤《いとう》米店』さんです。おいしそうだなあと思って。おばあさんがやってるんですね。『本日はきらら397』って書かれてました。すごく達筆で」

まさに、わたしがこれから買いに行こうかと思っていたところだった。普段はお弁当を作ってきているのだけれど、たまに「伊藤米店」のおにぎりや焼きおにぎりを買って、お客さんが来ないタイミングを見計らい、ここで食べている。土鍋で炊かれているごはんは、甘みがあって、コンビニやスーパーで売られているようなものとは比べ物にならないほどおいしい。トースターで焼いている焼きおにぎりも香ばしく、醤油《しょうゆ》の味加減も絶妙なのだ。

ただ、原ちゃんが、いともあっさりとそこで買い物をしてきたことに驚いた。わたしの場合、すぐ近所で、さらに自分が町内会の一員でありながら、いざ買ってみるまでにはしばらく時間がかかったからだ。新参者が買い物するのは、なんとなく控えるべきことに思えて。もちろんそんなはずはないのだけれど。

「そっか、じゃあ食べようか。お客さん来たら、どいてもらうことになっちゃうけど」

「はーい、了解です。あ、これ、どうぞ」

こちらに手渡してくれたのは、銀紙に包まれた二つのかたまりだった。中身はもちろんおにぎりだ。まだあたたかさが残っている。

「ありがとう。待って、お茶いれるね。さっぱり系としっかり系、どっちがいい？」

「じゃあ、しっかり系で」

おにぎりをレジカウンターに置き、やかんでお湯を沸かす。日本のお茶とは違い、ポットのお湯では、充分に香りや味が引き出されないのだ。台湾では土瓶が使われていたけれど、わたしはやかんを愛用している。

簡易キッチンは完全に、お湯を沸かしていれるためだけのものだ。もしも商品選びに悩んでいるお客さんがいたり、実際に味わってみたいというお客さんがいれば、飲んでみてほしいと思い、用具ややかんを用意した。試飲できますという貼り紙もしている。ただ実際には、あまり試飲を申し出るお客さんはおらず、こうして自分のためにいれるのがほとんどだ。

水仙を飲むことにした。熟成期間が長いので、香りや味も強い。

茶船《ちゃふね》と呼ばれるお皿に、茶壺《ちゃふう》を置く。茶壺は小さめの急須だ。蓋《ふた》を取り、熱湯を注ぐ。それをカップにうつし、そちらもあたためる。

空になった茶壺に茶葉を入れ、あふれそうになるギリギリまでお湯を注ぐ。蓋をすると、その分お湯は少しこぼれる。

蓋をした茶壺に、カップの中のお湯を上からかけるようにする。これで蒸らす効果となるのだ。お茶の品種にもよるけれど、約四十秒ほど蒸らしたら、茶漉しを使って、中身を茶海《ちゃかい》にうつす。茶海は大きめの茶器で、一旦これにうつし、そこからカップに注ぐことで、香りや味が均一になる。

本当はさらに、聞香杯《もんこうはい》にうつしてからいれると、聞香杯にお茶の香りがふわりと残って楽しめるのだけれど、そこまではやっていない。

わたしの一連の動作を見ていた原ちゃんに、カップを渡すと、すごいですね、と熱のこもった声をあげた。

「動きがなめらかなんですね。さすがだなあ」

ほめられるのは嬉しい。一つ一つはシンプルな動作なのに、最初は順序を間違えたりして、苦労していたから余計に。今はもう考えなくてもできる。

わたしはレジカウンターの、原ちゃんはお客さん用の、それぞれ丸椅子にこしかけて、いただきます、と声をあげた。

「焼きおにぎりとツナマヨです」

そう言った原ちゃんに、ありがとう、と答え、一つの銀紙をはずしていく。海苔《のり》が巻かれていて、こちらがツナマヨだとわかる。

おいしい。

おいしいおにぎりは人を幸せにするな、と思いつつ、お茶を飲んだ。熱くておいしいお茶もやっぱり、わたしを幸せにした。

「おにぎりもお茶もおいしいですねえ」

ゆったりとした口調でそう言った原ちゃんが、直後、いきなり様子を変えて話し出した。

「これからは試飲は絶対出しましょうよ。飲んでもらったほうがわかると思うんです。さっきのお客さんにも飲んでもらえばよかった」

「試飲は今もやってるんだけどね」

「この貼り紙ですよね？　正直、お客さんからそれを言い出すのは、ハードルが高いと思いますよ。それよりも、お店に入ってこられた人がいたら、その都度いれてお出しする形にしたほうがいいです。断ることより〝飲ませてって頼むことのほうが難しいですから」

もっともだった。そんなふうに考えたこともあったのだ。ただ、いちいちいれる手間やコストを思うとためらってしまい、そのうちに思いつきを忘れていた。

もしも、手間やコストが、と言ったなら、費用対効果を考えても絶対にやるべきです、と原ちゃんは言い切るだろうと思った。見たかのように想像できた。そしてそっちが正しい意見に違いない。

「そうだ、お茶請けを置くような小皿ってあります？」

「あるけど、お茶請けって？」

「さっき商店街をふらふらしてるときに、こんぺいとう買ってきたんです。公園の近くのお砂糖屋さんで」

「砂糖？　綿貫《わたぬき》さん？」

「そうですそうです。江戸っ子って感じのおじいさんがやられてる」

わたしはまたもビックリしてしまう。「砂糖屋綿貫」は、この商店街の西のはずれにある。原ちゃんの言うように、おじいさんが経営しているお店だ。二、三度、自宅で料理に使うための中白糖を買ったことがあるけれど、そのときも緊張した。しかも、こんぺいとうが売られているなんて知らなかった。あまりお店の中を見ていなかったのかもしれない。

「ここの商店街の名前もこんぺいとうだから、いいと思ったんですよね。コラボっていうんですか？　もし訊かれたら一緒におすすめできるし」

「いろいろ考えてくれてありがとう」

そう言うのがやっとだった。昨日この店を訪れたばかりの原ちゃんのほうが、経営者であるわたしよりも、すんなりとこんぺいとう商店街に馴染めているような気がして、自信をなくしそうになる。

「とにかく、こんなにおいしいお茶があるなら無敵ですよ」

お茶を飲み、笑顔で原ちゃんは言った。わたしの胸中を知ったかのような、タイミングのいい、あたたかい言葉だった。このお茶と同じように。

「終わった」

「終わりましたね！」

わたしたちは同時につぶやいた。思わず顔を見合わせて笑う。

商品棚もテーブルも、よく見知ったものでありながら、まるで別の店に来たようだ。少し並べ替えただけでも、こんなに違って見えるなんて。

ところどころに飾られた、ポップケースに入ったポップは、商品の説明をしているだけでなく、色のついた紙に印刷されていることで、飾りのように見える。テーブルや椅子も前より広く使えるため、落ち着いて試飲できる雰囲気となった。

実際に、午後に何人かやってきたお客さんも、一人一人の滞在時間が明らかに延びていたし、試飲をしてくれたことで購入につながっているようだった。甘さがちょうどいいから、こんぺいとうもついでに買っていきたいなんて言っている人までいて、わたしはつくづく、原ちゃんの的確さに感服した。

また、レジ近くのカウンターに置くことにした、そちらも色のついた紙に印刷したレシピについても、反応してくれる人が多かった。一枚ずつ分かれていて、持ち帰れるようになっているのが、早くも何枚か減っている。二人組の女性が、レシピカードを見ながら、お茶を買っても余らせちゃうことが多いからちょうどいいかも、と話しているのも耳にした。

わたしは思いきり伸びをした。一日中動いていたから、さすがに身体中がだるい。閉店時刻の夜七時どころか、もう十時半を回っている。こんなに長時間集中して何かをやりつづけたのは、久しぶりかもしれない。

「わ、もうこんなに遅くなっちゃったね。ごめんね」

「いえいえ。なんとか終わってよかったです」

笑顔の原ちゃんに、わたしは言った。

「よかったら今日も泊まっていって。どっちにしても荷物取りに来るでしょう?」

赤いキャリーバッグは、うちの玄関に置いてある。閉店後に取りに来て、それから移動すればいいよと言っていたのだ。

「え、いいんですか?」

「うん、よかったら。何かお礼もしたいし、簡単なものでよければごはんも作るよ」

「わー、なんだか申し訳ないです」

わたしは首を横に振った。むしろ、そんなことでお返しになるとは思えなかった。まるで足りない。

今すぐ口に出すのはためらわれたけれど、もう数日いてもらっても構わないと思った。むしろお願いしたいくらいだ。原ちゃんは接客態度も素晴らしかった。もちろんお茶に関しての専門知識はないから、それらについてはわたしが説明することになる。ただそれ以外の部分、たとえば他愛もない世間話をすることや、さりげない気遣い、そうしたものが自然とできていた。

給料を出して誰かを雇うほどの余裕はない今、短期間でも原ちゃんがこの店を手伝ってくれるなら大助かりだ。

一日を店で一緒に過ごし、原ちゃんに対して抱いた疑問を、わたしはそのまま口にした。

「代理店では、どういうクライアントが多かったの？　小売店？　そういうところでは接客もやることがあったの？」

「え、クライアントですか？」

「うん。ものすごく接客慣れしてるし、こういうレイアウトの提案にしてもすごく冴えてるから、そういう現場にいたのかなって」

「いやいや、たまたまですよ。営業でそういうところに行くことも、まあ時々はありましたけど」

「あれ、でも営業じゃないんだよね？　部署はどこだったの？」

「専門的な名称なんですよね。クリエイティブなんちゃら、的な。あ、そうだ！最後に飾ろうと思って忘れてました」

「え？」

「この中で、恋愛に向いてそうなお茶ってありますか？」

「恋愛に向いてそうなお茶？」

質問の意図がわからず、そのまま繰り返した。

「なんでもいいんです。恋人と飲むのにピッタリとか、告白するのに勇気が出そうとか。とにかく恋愛をからめられそうなものっていうか。それを、恋のお茶として、強く押し出しましょうよ」

「恋のお茶」

また繰り返してしまう。

「ほら、ここの商店街に、招きうさぎっているじゃないですか」

「ああ、招きうさぎね」

わたしは商店街のマスコットである、招きうさぎの姿を頭の中に思い浮かべた。片耳が折れていて、どことなく和む雰囲気がある。ポスターなどで目にすることも多い。

「あの招きうさぎに、恋の願い事をすると叶う、って伝説ありますよね？」

わたしは頷く。商店街入り口のところにあるオブジェの前で、熱心に願っている女の人の姿を、確かに何度も目にしたことがある。

「あれを見に来るような人たちが、お店に立ち寄ったとき、恋のお茶なんてものがあれば、間違いなく食いつくと思うんですよね。目玉商品になりますよ」

「ええー、食いつくって、そんな。みんなそこまで反応するかなあ」

珍しく、原ちゃんの意見がすんなり納得できなかったので、わたしは笑いながら軽く言い返した。ところが原ちゃんは、まるで笑わずに、むしろさっきよりも真剣な表情になって、こちらを見つめてきっぱりと言った。

「沼野さん、結局は恋ですよ。恋」


強くみかんの香りがする、オレンジ色のお風呂につかりながら、自分がお店を開いたときのことを思う。

あらゆるものはタイミングで成り立っているというけれど、まさにそのとおりだった。多分、要素の一つでもずれていたなら、わたしはお店をやってはいなかっただろう。

前職である、女性誌の編集は、あらゆるものとの調整の仕事だった。時間もその一つだった。常に時間に追われていた。正確には追われているという意識すらなかった。とにかく必要な情報を求めて、考える前に動いていた。

きっかけは、女子旅特集のための、台湾・台北市《タイペイ》への取材旅行だった。女性が好みそうなお店を、あらかじめリサーチし、現地コーディネーターや台湾に詳しいライターとの調整の上で、行く店を決めていた。その中には、とある茶藝館《ちゃげいかん》も入っていた。

お店の女性が、優雅な手つきでお茶をいれてくれるのに感心しながらも、一方では時間を気にしていた。スケジュール上、あまり長くは滞在できない予定だったのだ。早く飲んで次に行ってしまわなければと考えていた。

ところが、いれてもらったお茶を一口飲んだときに、わたしは言葉を失った。

今まで知っていたお茶とは何だったのだろう、という気持ちになった。口の中に広がっていく香りは、鼻だけでなく、あらゆる部分から感じられるようだったし、喉《のど》をとおってお腹に落ちていくのがわかるあたたかな液体は、そこかしこに伝わり、しみこんでいく感覚があった。

ずっとここでこれを味わっていたい、と願った。首をふっと窓の外に向けて動かすと、見事に手入れされている庭園が視界に飛び込んできた。お店に入ったときから気づいてはいたし、綺麗ですね、なんて言い合ってもいた。カメラマンが撮影するのも見ていた。それでも実際には、何も見えていなかったのだと知った。緑の葉っぱ一枚にいたるまで、初めて目にするもののように感じられたから。

もちろん、実際はそこに長く滞在することはできなかった。仕事で訪れているのだし、行くべきお店は他にもたくさんあったからだ。

ただ、衝撃はずっとわたしの中に残り、日本に帰ってきても変わらなかった。休みができれば、頻繁に台湾を訪れ、いくつもの茶藝館を回り、さまざまなお茶を飲んだ。そのうちにそれだけでは飽き足らず、コーディネーターに頼み、現地の茶畑を訪れたり、工場見学をさせてもらったりするようにもなった。お茶に関わる仕事をしている人たちとのつながりも増えていった。

そして二年前、会社で、早期退職優遇制度が発表された。会社の業績が全体的に低調であるため、もしも勤続十年以上で、早期退職を申し出る人がいたなら、退職金を規定よりも多めに支払うというものだ。

それまで退職について考えていたわけではなかった。忙しさに嫌になることはしょっちゅうだったたし、会社辞めたいなあ、なんて同僚たちと飲み会で口にすることもあった。それらは無責任で、現実みのない言葉だった。宝くじ当たらないかなあ、とか、あの俳優みたいな人と付き合いたいなあ、なんていう類いのものと同じ。いつも本気ではなかったのだ。

ただ、制度を知ったあとで台湾に行き、お茶を飲んでいたときに、ふと、わたしもお店を出すことはできるだろうか、という思いつきが胸をかすめた。そのときいたのは、最初に訪れた、美しい庭のある、あの茶藝館だった。

思いつきは消えず、むしろ日が経つごとに強固なものとして、わたしの中で育っていった。貸店舗情報を見てみたり、知人から経営に関する話を熱心に聞くようになったりしたわたしは、ついに退職を申し出た。そのときにはもう、今の店舗を見学していて、借りようとも心に決めていた。

今までの人生における、最大の決断だった。

お店をやるのは、思った以上に大変なことだった。いまだに赤字になる月も珍しくないし、前職を辞めたことでの、失ったものの大きさについて悔やんでしまうときもある。

それでもわたしは、いまだに信じているのだと思う。あのときの自分が受けた衝撃を。

店名である「淡月《たんげつ》」は、自分で付けた。どうしても月が入っている言葉を使いたかった。それもやっぱり、台湾で出会ったものがかかわっている。

地下鉄の駅で、「月台」という言葉を目にした。下に書かれている英語から、それがプラットホームという意味の中国語だということはすぐにわかった。月の台でプラットホーム。なんだか宇宙までも行けそう、という安直なイメージを抱いた。

宇宙じゃなくても、どこかには行きたい。店名に入れた月には、その思いがあった。

お風呂からあがったら、原ちゃんに話そうと思った。お店の名前も自分で決めたんですか？　と彼女が訊いてきたときに、気恥ずかしさから、うん、と短く答えて打ち切ってしまったけれど、今はむしろ、話したいような気がする。もしも興味を持ってくれるなら、あのときに感じた衝撃や、きっかけも全部。

わたしは思わず口元をゆるめる。

「いらっしゃいませ」

鳥の鳴き声に顔をあげると、そこには見知った人が立っていた。こちらに近づいてくる。

「久しぶり」

わたしは言い、やかんでお湯を沸かす。お茶をいれるためだ。

「久しぶり。なんだかお店の雰囲気変わったねー。すごく見やすくなったし、広くなった気がする。ポップも凝ってるね。なに、この『恋のお茶』って」

「昨日付けたの。今日来たお客さんにもやけに訊かれて、さっそく売れ筋商品決定だよ。それ、誰が付けたかわかる？」

「え、わたしも知ってる人なの？」

怪訝な表情を見せる明奈に向かって、わたしは強く頷く。

「パス。全然わかんないわ」

一瞬考えるそぶりを見せただけで、そう言った明奈に、わたしは小さく笑い、答えた。

「原ちゃんって憶えてる？　昔、うちの編集部にバイトに……」

「原ちゃんと会ったの？」

こちらが言い終わらないうちに、すごい勢いでそんなふうに言われて、わたしはひるむ。うん、と頷くと、明奈は大げさにも思えるため息をついた。もっと早く連絡すればよかった、とまで言う。

「どういうこと？」

「いつ来たの？」

答えではなく、質問で返されてしまった。仕方ないので素直に答える。

「一昨日《おととい》の夜に来て、その日はうちに泊まって、昨日はずっとお店を手伝ってくれて、そのまま泊まっていく予定だったのに、わたしがお風呂から出たらいなくなってたの」

「昨日？　信じられない。どういうタイミングなの」

わたしは自分の鼓動が速くなるのを感じる。多分いい話ではないのだろうと予想がついた。原ちゃんはもう死んでいるのに、なんていう心霊的な話になる展開を思い、恐ろしくなる。焦りながら言った。

「説明してよ」

「原ちゃん、逃亡中なんだよ、今」

「逃亡中？」

「職場のスーパーで、お金持ち出したんだって。二百万くらい。妻帯者の上司と付き合ってて、二人で駆け落ちしようって話してたらしいよ。でも上司は怖くなって、すぐに戻ってきて自首。原ちゃんとは連絡がつかず。地元の警察が、わざわざうちの編集部まで来たんだもん。連絡を受けた人はいませんか？　って。まさかこの店に来てるなんてねえ」

　いきなり与えられた情報のインパクトの強さに、混乱しそうになる。駆け落ち？　自首？　二百万？

　ただお茶をいれるための手だけは動かしつづけ、わたしはようやく言葉を発する。

「ねえ、広告代理店じゃなかったの？」

「広告代理店？」

「原ちゃんの勤務先」

「違う違う。そんな嘘までついてたの？　ひどいね。地元のスーパーだって。そこで店員やってたの。大学卒業して、実家に帰って暮らしてたらしいよ」

　混乱の中でも、そう言われれば納得する部分はあった。

　仕事について訊ねたときの、よくわからない返答。一人暮らししてた大学時代は、という言い方。お店に対しての意見。やけに慣れていた接客態度。

　そして昨日、突然いなくなってしまったこと。わたしがお風呂に入る前、明奈から、明日お邪魔するね、とメールをもらっていたのをそのまま原ちゃんに伝えていたのだった。原ちゃんは、編集部の人間に会いたくなかったのだ。ここにやってきた日に訊いてきたのも、会いたいからではなく、その逆だった。

「相当、行き場がないんだろうね。無理もないけど。とにかく事情を知らなそうな人のところを、渡り歩いてるんだね」

結論づけるように、明奈は言った。

わたしは、本当にそうなのかな、と思った。多分少なからず真実だろう。ただ、それだけじゃない気がした。というか思いたかった。この店を落ち着けそうと話していた原ちゃんの言葉。

「とりあえずどうぞ」

わたしは椅子に座っている明奈の目の前に、カップを置いた。他のお客さんには、原ちゃんが昨日買ってきてくれた、熱にも強い紙コップで出しているお茶。ついでにわたしも向かいの椅子に座り、同じようにお茶を注いだカップを置く。

「おいしい」

一口飲んで、明奈は言った。そしてまた口調を変えて話し出す。

「でも大丈夫？　カード抜かれたりとか、部屋のもの持っていかれたりとかしてない？」

「うん、大丈夫だよ」

わたしは答えた。調べていないけれど、大丈夫だという確信があった。むしろ助けてもらったくらいだよ、という言葉は口に出さない。

ふっと横を見ると、原ちゃんが作った、恋のお茶というポップが目に入る。クリーム色の紙の上には、赤い紙を切って作ったハートがいくつかちりばめられている。

結局は恋ですよ、と言った原ちゃんの表情を思い出す。本当にそうなんだろうか。だとしたら、恋した相手が自分を裏切ってしまった今、彼女はどんな思いでいるのだろう。

一口飲んだお茶が、ゆっくりと身体の中に落ちていくのを感じる。

今どこにいるかわからない原ちゃんにも、こんなふうにお茶を飲める時間がありますように、とわたしは願った。それがこの店だったなら嬉しいけど、そうじゃなくてもいい。お茶を飲んで、深く落ち着く瞬間が、この先の彼女の人生に何度も訪れるよう、今はそれだけを強く願った。

あたしは恋をしない

あたしは毎日放課後を待っている。

掃除の時間が終わると、早足で玄関まで向かう。廊下を走ったりはしない。走って先生に怒られるなんて、くだらない真似《まね》はしたくないからだ。

「ブタチ、今日も変な店行くの？」

出た、吉井《よしい》。一年生から同じクラスのこいつは、なぜかやたらと話しかけてくる。もっとも、あたしにだけというわけじゃなくて、よくしゃべるやつなのだ。授業中にも他の男子と騒いでばかりいるから、しょっちゅう先生に注意されている。

あたしの苗字は田淵《たぶち》であってブタチじゃない、とも、「グリーンライフ rei」は変な店じゃなくって叔母《おば》が一人でやっているお店だ、とも言わずに、無言でうなずいた。もう何度も何度も説明してるのに、似たようなことを言われる。説明しても無駄なのだ。絶対知ってるはずなんだから。

早足のあたしに合わせて、吉井は小走りになっている。先生が来て注意してくればいいのにと思うけど、こういうときにかぎって、先生というのは姿を見せないものなのだ。

もっとも吉井にしてみれば、注意されるなんてどうでもいいことなのかもしれない。こいつは毎日のように、授業中に後ろの席の男子と話したり、放課後に廊下で他の男子たちと鬼ごっこをしたりして怒られたりしてるけど、全然直そうとしているようには見えない。怒られるのはなるべく少ない人生のほうがいいに決まってるのに。

玄関でまで、ブタチは不良だよなー、とわけのわからないことを言う吉井を無視して、学校を出ると駅に向かった。商店街までは電車で一駅。歩いて行くこともあるけど、お母さんは回数券なら無条件に買ってくれるし、電車に乗るのは楽しい。

平日の午後の電車には、いろんな人が乗っているのだ。あたしみたいな、一人ぼっちの小学生っぽい子もたまに見かけるけど、たいていは集団で、しかも制服を着て指定カバンを持っている、私立の学校に通う子だ。そういう子たちがあたしにまなざしを向けるとき、あ、違うんだ、と言っているように見える。

自分たちが私立に通っていることを、公立に通うあたしと比べることで、改めて確かめているんだと思う。前に怜子《れいこ》さんにチラッと話してみたら、それは美羽《みう》の考えすぎじゃないの、と軽く流されてしまったけど。

あっというまの電車での時間を、いつものように、ニンゲンカンサツに費やしたあたしは、ホームに降りると、超早足で「グリーンライフ rei」に向かう。超早足は、早足をさらにスピードアップさせたものだ。走るのとは違うけど、そういうふうに見えるかもしれないから、学校では使わない。

こんぺいとう商店街の入り口には、招きうさぎというキャラクターのオブジェがある。片耳だけが折れている、可愛いのか可愛くないのかよくわからないその招きうさぎに向かって、恋の願い事をすると叶うといわれている。

今日は誰もいないけど、時々写真を撮ったり、目を閉じて熱心に何かをお願いしている人がいたりするのを見かける。ほとんどが若い女の人だ。このへんに住んでいるんじゃなくて、わざわざ観光に来たような感じの人たち。多分スカイツリーを見に来るついでに立ち寄ったんだろう。

知らない誰かが通りかかるところで、わざわざあんなふうに、自分が恋愛に悩んでいるってことや、恋に関する願いを持っているってことをアピールできる気持ちは信じられない。そもそもあたしは、恋ってものを信じない。

漫画を読んでいても、ドラマを見ていても、みんな、恋ばっかりだ。相手が好きになってくれないとか、好きだけどわかってもらえないとか。そんなの当たり前じゃんって思う。だってみんな違う人間なんだから、違う気持ちなのが普通だ。同じように好きになんてなれっこないし、ずっと一緒にいたらイライラしたりするのも当然だと思う。

あたしは死ぬまで恋愛しない。これを大人に言ったら、まだ十歳なのに、なんて言われてしまうから、あんまり口にしないようにしてるけど、十年も生きれば、恋なんてしないほうがいいってことくらいわかるものなのだ。

男の人なんて、ロクなもんじゃない。

お母さんも男の人にだまされて、今はバツイチだ。あたしの父親であるその男の人は、いまやどこにいるのかもわからないらしい。どこかで生きているっぽいことは、お母さんやおじいちゃんやおばあちゃんが話していたからなんとなくわかるけど、どっちだっていい。別に顔を見てみたいとも思わない。あたしが二歳のときにいなくなったという男の人。

男の人は嘘つきだし、浮気をする。そういう生き物なのだ。

浮気にはまだまだ遠そうだけど、同じクラスの男子は、動物みたいだ。吉井がまさにそうだけど、騒ぎまくったり、しつこくしたり、そのへんを走ったり、物を壊したり。クラスメイトの中には、好きな男子がいるって子もいるけど、あたしにしてみれば、意味がわからない。

あいつらと付き合うなんて、一万円もらったってイヤだ。だったら一人の部屋で本を読んだり、怜子さんと話しているほうが、ずっとずっといい。

「こんにちは」

自動ドアじゃない木の扉は、お店のオープン中は常に開けられている。風通しをよくするためらしい。扉の横には、「グリーンライフ rei」と書かれた小さな黒板が載った椅子。怜子さんの書く文字は細くて右上がりで、あたしはそれを、怜子さんらしい文字だと思っている。

扉のまわりにも、椅子のまわりにも、植物がたくさん飾られている。黒板を囲むようにしている葉っぱは、売られている植物をより綺麗に見せるため、怜子さんが切ってしまったものなので、日によって替わったりもする。

「ああ、こんにちは」

レジの脇にあるパソコンに、何かを打ち込んでいたらしい怜子さんは、顔をあげてこちらを見ると、そう言った。

　怜子さんはあたしに対して、他の大人たちがたまにやるみたいに、声を高くしたり、ゆっくりしゃべったり、そういう真似は絶対にしない。普通にしゃべる。あたしの記憶があるときからずっとそうだ。あたしが怜子さんを好きな理由の一つ。

　大人はみんな、小学生を幼く見すぎなのだ。何もわかっていないと思いこんでいる。そんなこと、全然ないのに。

「いただきまーす」

　またパソコンで作業をしはじめた怜子さんの背中にそう言うと、あたしはレジ裏にあるミニ冷蔵庫を開け、いつものようにペットボトルのお茶をもらう。何本かある中から、今日はレモンティーにした。戻るときに、パソコンの画面がチラッと見えた。数字が並んでいるようだった。

　ペットボトルの蓋を開けながら、あたしはレインドロップのところに行き、挨拶をする。心の中で。

　レインドロップっていうのは、ここにある多肉植物の一つで、ぷくっとした葉っぱがバラの花びらみたいに重なっている。葉っぱの先が赤っぽくて、根元が緑だから、余計に花みたいに見えるのだ。それぞれの葉っぱの真ん中の先っぽに、ふくらみがあって、それが雨のしずくが落ちたみたいだから、レインドロップという名前になったのだという。綺麗、と見るたびに思う。

レインドロップはエケベリア属に含まれていて、エケベリア属はどれも、バラみたいになっているのが多いんだけど、このお店に置いてあるものの中でも、この子は特にそうだ。人にたとえるなら、まちがいなく美人って感じがする。

「そんなに気にいってるなら、持っていっていいのに」

いつのまにかこちらを見ていたらしい怜子さんが、そう声をかけてくれる。あたしは、いいの、と答えた。

この店にあるほうが、ずっと幸せだ。夏でも冬でも、きちんと温度が保たれて、ちょうどいいペースで水をもらって、窓からの陽を浴びて、育ちすぎたら形を整えてもらえる植物たち。怜子さんは多分、このお店に泥棒が入って、一つでも盗まれたなら、すぐにわかってしまうだろう。それくらい、置いてあるものたちに愛情を注いでいるように見える。ベッタリして甘やかすんじゃなくて、ちょうどいい距離で見守ってる感じ。

「こんにちはー」

「いらっしゃいませ」

「あら、美羽ちゃん、学校終わったの？」

入ってきたのは、「あったか弁当・おまち堂」の絵美《えみ》さんだった。あたしはうなずいた。

ここのお弁当を、たまに食べることがある。怜子さんがお昼ごはんに買って、余った分をわけてもらうのだ。絵美さんの作る料理は、お母さんが作るのよりずっとおいしいけど、それはお母さんには秘密にしている。特に生姜《しょうが》焼き。

「どうかしたんですか？」

怜子さんは絵美さんに訊ねた。絵美さんは、持っている鉢を指さすようにしながら言った。

「これ、友だちにもらったんだけど、なんだかここが茶色くなってきちゃったのよ。肥料あげたりしたほうがいいのかしら」

鉢の中には小さなサボテンが植えられている。ほかの部分は濃い緑なのに、指をさしたところは、確かに茶色っぽい。

怜子さんは見てすぐに、ああ、と納得するような声をあげた。

「日焼けですね。陽射しが強かったのかも。表に出してました？」

「日焼け？　たまに出してたけど」

「サボテンって、日光が好きなんですけど、あまり強いと、日焼けしちゃうんですよ。特にこのサボテン、緋花玉《ひかだま》って種類なんですけど、焼けやすいんですよねえ」

「そうなの？　知らなかったわ」

「気になるようなら、えぐっちゃったりすることもできますけど、このくらいなら、普通に育ててたら目立たなくなると思いますよ。しばらくはレースのカーテン越しくらいで育てるのがいいかもしれないです」

「わかったわ。ありがとう。さすがねえ」

　感心している様子で絵美さんは言うと、鉢を抱えたまま、商店街の話を始めた。あたしはよくわからない話題だったので、またレインドロップを見ていた。怜子さんが教えてくれるおかげで、あたしは他の子たちよりも植物に詳しくなっていると思う。特に多肉植物には。

　もっと植物に詳しくなりたい。怜子さんみたいに、植物に近づくことができたら、どんなにいいだろう。道にある草とか花とか、そういうものも、きっと違って見える気がする。怜子さんの見ている世界は、あたしの見ている世界と、どれくらい違うんだろう。

　あたしのお母さんの妹である怜子さんは、結婚していない。したこともないらしい。独身でお店を経営している。それは正しいとあたしは思う。男の人に頼ったりせずに、一人きりで生きていくほうがずっといい。

「グリーンライフ rei」はもともと、おじいちゃんが「小塚《こづか》生花店」という名前でやっていたお店だそうだ。そのときはいろんなお花を取り扱っていて、特に、お仏壇に供えるお花がメインだったのだという。だから今でもお店の片隅には、お仏壇用のお花が置いてある。たまに買いに来る人もいるからって。

でもほとんどのスペースは、怜子さんが見つけて気に入った、多肉植物たちのためにある。

今では毎日のように口にしたり考えたりする多肉植物という言葉は、怜子さんのお店がなかったら、いまだに知らなかったはずだ。サボテンも多肉植物の一種なのだという。実際にお店には、絵美さんが持っていたようなサボテンもたくさん置いてある。もっと小さいのも大きいのも。

「小塚生花店」が「グリーンライフ rei」になったのは、今から十年近く前のことで、当時一歳だったあたしには、当然記憶はない。でも、その頃の話を聞くのがあたしは好きだ。お母さんに聞いても、忘れた、とばっかり言われてしまうから、主に怜子さんに聞くことにしている。

もともとおじいちゃんが、身体がしんどくなって、お店をやめると言い出したのがキッカケなのに、既に会社員をやっていた怜子さんがあとを継いで多肉植物店にしたいと告げると、怒鳴って反対したのだと、怜子さんが笑って教えてくれたことがあった。あたしにはいつも優しいおじいちゃんが怒鳴るなんて、全然想像できないけど、よっぽどの驚きだったのだろう。店をやるのは並大抵のことじゃないんだぞ、と言ったそうだ。怜子さんは喜んで賛成してもらえるものと思いこんでいたから、いまだにそのときの夢を見るくらい、衝撃的だったらしい。

商店街には他にも生花店はあるんだから、違うものを売ったほうがいいに決まってるってずっと思ってたのよ、と怜子さんは前に言っていた。他にもあるというのは、「ヒナギク生花店」のことだろう。あそこのお店には、ひな菊《ぎく》という名前の若い女の人がいて、あたしの顔を見るたびに、好きな男子とかいるの？　と訊ねてくるので、ちょっと面倒くさい。

そもそも多肉植物というものに、怜子さんがハマるようになったのは、高校時代の課外授業で、植物園に行ったのがきっかけだったらしい。そこに多肉植物ばかり植えられているコーナーがあって、一つとして同じものがないことに、感動したのだそうだ。植物のすべてが話しかけてくるみたいに感じたの、と話してくれたときの怜子さんは、いつもの冷静さを、少しだけ失っているように見えた。

当時の様子は、お母さんもおぼえているみたいで、お母さんからも聞いたことがある。怜子ってば毎日、多肉多肉、って騒ぐようになって、本読んだり、部屋にも買ってもらった植物増やしたり、いちいち植え替えしたり、病気みたいだったんだから、と。植物が大好きなおじいちゃんだけは喜んでいたらしいけど、区役所で働いていたおばあちゃんも、同じく高校生だったお母さんも、早く飽きるのを願っていたそうだ。

でも怜子さんは飽きなかった。それどころか、おじいちゃんの反対を押しきり、働いていた会社も辞めたのだ。

この話について考えるとき、あたしは、自分の将来というものを想像せずにいられなくなる。レインドロップは気になる存在だし、多肉植物も素敵だとは思うけど、そこまで夢中になれているわけじゃない。少なくとも、自分で育てたり、植え替えしたりしたいとは思っていないし。

勉強もすごくできるってわけじゃないし、運動は苦手なほう。歌もうまくないし、絵も描けない。

でも、女が一人で生きていくなら、絶対に働かなくちゃいけないのだ。何かになる必要がある。

お母さんは離婚してから、あたしを育てるために、建築会社の社員になった。経理といって、お金の計算をするところにいるらしい。働いているところを見たことはないけど、毎日すごく疲れている。多分大変なのだろう。

あたしにしかできないことが早く見つかればいいのに。あたしはすぐにでも大人になりたい。男の人に頼らない、立派な大人の女の人になるのだ。


掃除の時間が終わって、また商店街に行く支度をしていると、クラスメイトに話しかけられた。

「ねえねえ、今日これから、凜《りん》ちゃんの家に遊びに行かない？　凜ちゃん、ハムスター飼いはじめたんだって。見に行こうよ」

「へー、そうなんだあ」

あたしは明るく答えたけど、正直、ハムスターには別に興味がない。生き物っていうのが苦手なのだ。なんて言って断ろうかなと考えていると、さらに言われた。

「愛華《あいか》ちゃんも行けるっていうから、四人で、すずちゃんの誕生日プレゼントの相談もしようよ。すずちゃん、来月誕生日でしょう？　プレゼントとあと、色紙に寄せ書きとかして送ったら、絶対に喜んでくれると思うんだよね」

すずちゃんというのは、数ヶ月前に引っ越してしまった子だ。一緒に行動したりはしていたけど、そんなに仲良しだと思えていたわけでもなかった。あたしがよく知らない、好きなアイドルの話ばかりするから、ついていけないところがあったのだ。

すずちゃんに限った話じゃないけど、あたしはみんなとは、そこそこ距離をとってる。放課後にたまに遊んだり、昼休みにおしゃべりしたりはするけど、誰ともベッタリはしない。

にしても、プレゼントかあ……。

そしてあたしは思いついた。

「あ、じゃあさ、サボテン贈るっていうのはどうかな?」

「サボテン?」

「そう。小さいのだと、部屋に飾ったりできるし、可愛いよ。育て方書いた紙も一緒に付けたりできるし」

あたしは「グリーンライフrei」の中の、サボテンコーナーを思い出しながら言う。せっかくだから花が咲くやつがいいかもしれない。怜子さんに、咲かせやすい種類を相談してみようかな。

「サボテンなんて、すずちゃん、喜ぶかなあ」

「あたし、ちょうどこれから、お店に行くから聞いてみるよ。花が咲いたりするのもあるし、綺麗だよ」

「え、凜ちゃんの家は？」

「あっ、ごめん、また今度お邪魔させてもらってもいい？　お店行く約束しちゃってたの思い出して」

約束というのは嘘だ。行かない日も時々あるけど、怜子さんは特に何も言わない。

クラスメイトの女の子は、あたしを見て、何か言いたそうにしたけど、何も言わずに背を向けて、教室を出ていってしまった。多分どこかにいる凜ちゃんに伝えにいったのだろうけど、いやな感じだと思った。

でも今は、お店に向かうのが大事だ。早足で児童玄関を目指す。

とんでもないものを目にしてしまった。

あたしはお店の中の椅子に座って、ペットボトルの緑茶を飲んでいるけど、体育の時間のあとみたいに、ドキドキしている。落ち着かない。いつもと変わりなく見える怜子さんも、本当はいつもと違うことを思っているはずだ。いっそハッキリ言ってくれればいいのに。

あの男の人は、いったい誰なんだろう。

さっきの光景が、夢だったみたいに思える。同じ場所のはずなのに、知らないお店みたいだった。

たくさんの植物に囲まれて、スーツ姿の男の人が、怜子さんを抱きしめるようにして、背中をなでていた。怜子さんは少しだけ声を出して泣いていたのだ。

二人とも、立っているあたしに同時に気づいたみたいだった。こっちを見て驚いている二人の顔は、ちょっと似ていた。離れたときの男の人は、怜子さんにはまるで似ていなかったのに。

「また連絡する」

男の人は、そう怜子さんに言っていた。怜子さんは何も答えなかった。男の人は、あたしを見て、こんにちは、と小さく言うと、隣をすりぬけるようにしてお店を出ていった。怜子さんよりも年上に見えた。髪の毛もところどころ白かったし。

「さっきは変なところ見せちゃったね。ごめんね」

声をかけられて、あたしは顔をあげた。怜子さんはもう泣いてはいない。ただ、口調がいつもよりも、子どもに対してのものみたいに柔らかく感じられて、あたしは戸惑ってしまう。

「別にいいけど」

あたしは答えた。全然よくなんてないけど、他にどういうふうに言ったらいいのかわからない。

結婚していない怜子さん。このお店を一人でやっている怜子さん。いつも大人に対して話すみたいに話してくれる怜子さん。多肉植物が大好きな怜子さん。髪が短くて、いつも似たようなTシャツとジーンズで、お母さんと違ってほとんど化粧をしていないけど、それでも綺麗な怜子さん。

抱きしめられていたなんて、信じられない。

怜子さんは、恋とかそういうのとは、関係なく生きているんだと思ってた。でもきっと、あの人は恋人なんだろう。そうじゃなければ、抱きしめたりしない。

「男の人なんて、ロクなもんじゃないよね」

あたしの言葉に、怜子さんは首をかしげた。もしかして、わかっていないのかもしれない。怜子さんはだまされているのかもしれない。だとしたら、目を覚ましてもらわないと困る。

「男の人は嘘つきだし浮気ばっかりするし、優しいのも最初だけだし、信じるだけ損だよ」

「それ、お姉ちゃんが言ってたの？」

質問されて、あたしは思い出す。そうだ。もともとは、友だちと電話していたお母さんが笑いながら、男はロクなもんじゃないからね、と言っていたんだ。

そのとき、あたしは、そうなんだ、と思った。言われてみれば納得した。バラエティに出ていたタレントか誰かも、似たようなことを言っていたのを見たし、男の人は浮気ばっかりするっていうのも、同じ人か違う人かは忘れたけど、テレビで誰かが言っていた。

「お母さんも。それだけじゃないけど」

正直に答えると、怜子さんは、真面目な顔で言った。

「そんなことないよ」

「え？」

「ロクなもんじゃないって、間違いだよ」

「でも、離婚したりするじゃん」

あたしは言い返した。怜子さんはちょっと黙った。確かにそうかもね、と同意してくれるのを待ったけど、違った。

「離婚しちゃう人もいる。別にひどいから離婚するわけじゃないけど、中にはひどい人もいると思う。だけど」

だけど？

「すごくいい男の人も、たくさんいる」

いると思うとか、いるといいなとかじゃなく、いる、と言い切って、怜子さんはあたしをまっすぐに見た。

あたしは、自分が叱《しか》られているような気持ちになった。別に怒鳴られたりしたわけじゃないのに。

「帰る」

それだけ言うと、立ち上がり、さっき入ってきたばかりの扉のほうへと向かった。気をつけてね、と声がしたけど、振り返らなかった。怜子さんの顔を見るのがいやだった。あたしの好きな怜子さんは、男の人に抱きしめられたりするはずないのに。

結局、すずちゃんにプレゼントするサボテンのことを質問できなかったということは、お昼休みに思い出した。

同じ班で給食を食べ終えてから、あたしはクラスメイトのところに行った。

「昨日は行けなくてごめんね。あとごめん。サボテンのこと、聞けなかったの。ちょっといろいろあって」

「いいよ。すずちゃんは、サボテンなんて欲しくないし」

クラスメイトが、あたしの顔を見ずに言ったので、あたしは思わず、え、と声を出した。

「美羽ちゃん、ちょっと勝手すぎる」

「勝手？」

「プレゼント、すぐに決めちゃうし。昨日みんなで相談したかったのに」

「……ごめん」

そんなに勝手だっただろうかと思いながらも、あたしは謝った。

「しかもサボテンっていうのも、自分が知ってるからでしょ？　すずちゃんのこと全然考えてない」

「別に知ってるわけじゃないよ」

「だっていっつもお店ばっかり行ってるじゃん」

「でも」

普段よりずっと強く言われて、クラスメイトの怒りは、あたしの想像以上にふくらんでいたのだとわかった。どうしよう。

「あー、女子がケンカしてるー。こっえー、こっえー」

声がしたので見ると、吉井がこっちを指さしていた。

「うるさい」

「似てないし。そんな言い方してないじゃん」

「似てないし。そんな言い方してないじゃん」

吉井がクラスメイトの言葉を繰り返す。いちいち言い方を変えているので、全然似ていない。

「もー、まじでむかつく」

「うっわー、怒ったー。やっぱこっえー」

「もう、吉井いたら全然話せないじゃん」

「ちょっとあっち行ってよ」

あたしがそう言うと、吉井は、こっえー、こっえー、と歌いながら、他の男子のところへ行った。

クラスメイトは、なんなの吉井、とつぶやいた。あたしは言う。

「吉井、いっつもうるさいよね。しつこいし」

「だよねー。さっきも先生に叱られてたのに」

「ほんと。もう趣味なんじゃないの？　叱られるのが」

「えー、わざと？　Mってことじゃん、それ。変態だね」

クラスメイトが笑うので、あたしも笑った。今なら許してもらえる気がして、言った。

「すずちゃんのプレゼントのこと、ほんとごめんね。また今度相談したい」

「うん。昨日三人で話したときは、ブレスレットにしようかって言ってたの。買い物、一緒に行く？」

「行く」

あたしは即答した。それから特に意味はなかったけど、ちらりと吉井を見た。吉井は他の男子と話していたけど、ちょうどこっちを見たところで、思いきり目が合った。また、こっえー、とか言われるのかと思ったけど、何も言われなかった。

もしかして、さっきのって。

「日曜日に行こうって言ってるんだけど、美羽ちゃん、あいてる？」

「あ、うん、大丈夫だよ」

あたしを助けようとしてくれたんだろうか。ケンカしているのがわかって。

でも、そんなことするだろうか。あんなやつが。

確かめたくて、また吉井を見たけど、他の子たちとの話に夢中になっているみたいで、うるせーよ、と誰よりもうるさい声をあげて大笑いしているところだった。

すごくいい男の人も、たくさんいる。

昨日の怜子さんの言葉を思い出す。

うるさくてバカな吉井が、すごくいい男子だなんて全然思えないけど、もしかしたらどこかには、すごくいい男の人だっているのかもしれない。あたしが名前を知らない多肉植物がまだまだたくさんあるのと同じで。

今日はまっすぐ帰るつもりでいたけど、やっぱり、お店に行こうと思った。男の人がなんなのか気になるけど、もう誰だっていい。昨日眺めなかったレインドロップもチェックしなければ。

あたしは今日も放課後を待っている。

正直な彼女

雪子《ゆきこ》を初めて見たとき、変わった子だな、と思った。

視覚だけで伝わる情報の中に、雪子は「独特」を溢れさせていた。水玉のブラウスに、左右の長さと幅が違うチェックのパンツを合わせていた。極彩色というのだろうか。どちらも色鮮やかで、南国の魚とか鳥とか、そういったものを思い起こさせた。

髪の毛も左右で長さが違っていて、色は真っ黒だった。奇抜なファッションやヘアスタイルにもかかわらず、化粧は薄かった。唇がぽってりとしていて、それはテカテカとしていた。何か塗っていたのだろう。

目は大きく、力があったが、整った顔立ちかというと、微妙なところだった。綺麗、とすんなり言いづらい何かがあった。何がどうというのではなくて、パーツの配置がなんとなくちぐはぐな印象を受けた。

「早かったじゃん」

友だちが右手を動かし、こちらに呼ぶと、雪子は表情を変えることなく、靴を脱いで座敷にあがってきた。僕たちは居酒屋の座敷席で飲んでいたのだ。

どうしてその日、雪子が呼ばれたのだったかについては、明確な理由を憶えていない。たまたま友だちが連絡を取り合っていて、近くにいるからということだった気もするが、僕たち四人の中で、雪子と面識があるのはその友だち一人で、つまり彼女にしてみれば、他の三人の男とは初対面だった。だけど雪子はそうした状況を気にする様子もなく、僕たちに対してわずかに頭を下げると、メニューも見ずに、おしぼりや新たな取り皿を持ってきた店員さんに対して、ハイボール、と言った。

ハイボール。それが、雪子の声を聴いたはじめてだった。低めの声だった。

友だちもだいぶ酔っぱらっていたし、他のやつらも同じだった。比較的酔いが浅かった僕にしても、いつもどおりというわけではなかった。雪子はシラフだったはずだが、最初のハイボールが運ばれてくるやいなや、乾杯もせずに、勢いよく飲みはじめた。

表情はちっとも変わらないまま、こっちが向ける質問に対して、最低限の答えを返していった。

いくつなの？

「二十」

はたち、ではなく、にじゅう、と言ったのが、やけに印象的だった。僕たちの一つ下だ。質問は続いた。主に僕の友だちがした。

大学生？

「大学生」

どこの？

「日光《にっこう》女子大」

何学部？

「人間社会学部」

なんかすごそうな学部だね。どういうことやるの？

「普通の授業」

一つの問いに対して、返ってくる答えは、一つないしは〇・五といったところだった。かといって不機嫌そうだったり、緊張している雰囲気なのかというと、そういうふうにも見えなかった。いつもこんな感じなのだろうと思った。

そのうちに、雪子と唯一の知り合いで、この場に呼んだ友だちは、壁にもたれかかって寝はじめてしまった。酒に弱いのだ。何度も揺すったけど起きなくて、上半身を完全に床に倒すような体勢となる始末だった。

雪子の態度は、けれど変わらなかった。そいつを起こしたがるというわけでも、帰りたがるというわけでもなく、ハイボールを何度かお代わりした。

さらに他の友だち二人は、質問に飽きたのか、質問自体も思いつかなくなってきたのか、雪子が来る前のときのように、共通の知り合いの話やゼミの話を始めた。

結果、僕が雪子と話をしなければいけない流れになった。僕にしたって、そんなに質問が思い浮かぶわけでもなかったし、話したい欲求なんて特別なかったけど、呼んでおいて、知らない話ばかりを続けるのもどうかと思ったから。

たまたま席順の問題もあった。僕たちは、斜めに向かい合う形になっていて、雪子の隣で眠っている友だちを除けば、もっとも近かったのだ。

仕方なく、ぽつりぽつりと質問した。反対に質問されるようなことはなかった。ただ、ぽつりぽつりと答えが返ってきた。終電はとっくに過ぎ去っていて、貧乏な大学生である僕は、始発を待たなくてはならなかった。友だちにしても同じ状況だった。雪子はどうするつもりなのか謎だった。

会話はさほど盛り上がらなかった。僕は酔いが進んだのもあって、帰りたいな、と思っていた。気を遣うのにも疲れて、沈黙の割合は徐々に増えていった。

頭がぼんやりとして、顔が熱を帯びていくのを感じながら、雪子の髪や服を見ていた。ブラウスの裾には、小さなレースが付いていていた。古着のようにも見えたし、そう見えるようなデザインの新品なのかもしれなかった。女の人の洋服にはまるで詳しくないから、わからなかった。ただもし自分が女の人だったとしても、この服を買わないし着ないだろうと思った。派手だ。

真っ黒い髪は、こっちから見ると、右側が長くて肩を越えるくらいあり、左側が短くて首の真ん中くらいだった。美容室でどうオーダーしたんだろうなと考えていたけど、直接訊ねてみようとは思わなかった。

あまり出会ったことのないタイプの子だった。女子大の学生というイメージからも遠かったし、中学や高校の同級生にも、似たような子はいなかった。

なぜそんな質問になったのかは憶えていないが、とにかく僕は訊ねた。

ゲームとかするの？

「する」

どういうゲームするの？

「最近はサッカーの」

へえ。サッカー好きなの？

「別に」

僕もサッカーのゲームやってるよ。

そう言って、数ヶ月前に発売されたゲームのタイトルをあげたとき、雪子の目が光った。実際は光の角度みたいなもので、本当にそうなったわけじゃないと思うけど、光ったように感じられたのだ。そして、今までとは別人みたいに口をたくさん動かした。

「え、いつからやってるの？　今どのランク？　使ってる選手は？　結構勝ってる？」

答えるより先に、ひるんでしまった。あまりにも多くの質問が突然投げかけられたことに。

こっちの空気を察したのか、雪子は、ごめん、と言って小さく笑った。たくさんハイボールを飲んだはずなのに、唇は変わらずにテカテカとしていた。

初めて会ってから一週間ほど経った日の真夜中に、僕と雪子は、二人でマクドナルドにいた。うちから歩いて十分程度の場所にある店ではあったが、入るのはずいぶん久しぶりのことだった。

ここの店舗は二十四時間営業だし、コンセントもあるし、Wi-Fiも使えるから、と雪子は店に入る直前に言った。彼女の家から近くもないこの店のことを、どうして知っているのか謎で、訊ねてみると、前に友だちが近くに住んでいたから、と言った。雪子の友だちがどんな人なのかを想像してみようと思ったけど、性別も年齢もまるでわからなかった。

二人とも飲み物だけを頼んだ。僕がプレミアムローストコーヒー、雪子がマックシェイクバニラ。僕が会計をまとめて払うと、雪子は少し驚いたように、ありがとう、と言った。わざわざお礼を言われるほどの額でもなかったのだが。

飲み物が並んでのせられたトレイを僕が持ち、二階席まで行った。甘いの好きなんだね、とシェイクを見ながら言うと、いつもじゃないけど今日は好き、と雪子が答えた。不思議な答えだったが、掘り下げなかった。

二階席はだいぶ空いていた。四人がけテーブル席の一つに雪子が迷いなく座ったので、僕も続いた。

雪子は鮮やかな黄色いワンピースを着ていた。ところどころにレースが付いていた。無地だったから、初めて会ったときほどではなかったが、やっぱり充分に派手だと思った。本物の羽毛みたいな、羽根がついたネックレスをしていた。

「じゃあ、やろうか」

初対面となった飲み会の話をするでも、互いの近況を報告するでもなく、雪子は持っていたバッグ（パッチワークというのだろうか、いろんな布が合わさったようなもの）から、ゲーム機を取り出し、我慢できないという感じで言った。僕はちょっと笑いそうになってしまった。どれほど対戦したがっているのかと。

結局朝まで続いた、この間の飲み会の終わりに、一応連絡先を交換したものの、仲良くなれたという感覚にはつながっていなかった。自分が仲良くなりたいと強く思っているわけでもなかった。だから三十分ほど前の突然の着信も、間違いかと思ったくらいだ。

雪子は、今、僕の住んでいる最寄り駅の近くにいるから、対戦しないかと言った。それからゲームのタイトルを告げたが、聞く前からわかっていた。ポータブル機のサッカーチーム運営ゲーム。飲み会でさんざん僕たちのあいだで話題にのぼったものだ。もっとも、熱く話していたのは雪子のほうばかりだった。僕はしばらくプレイせずにいたので、細かいところを忘れたりしていた。

今度対戦しようよ、と、確かに帰り際に雪子が言っていた記憶はあったが、まさか実現するとは思っていなかった。しかもこんなに早く。こんなに夜遅く。

あまりに急だったのでびっくりして、充電してないかも、と答えた。本当はもっと言うべきことはたくさんあったはずなのだが。そうしたら雪子は、どこか得意げに、大丈夫だよ、と電話の向こうで言っていた。そしてこのマクドナルドの前で待ち合わせようと、半ば一方的に約束を取りつけると、雪子は電話を切った。

もう寝る準備をしていた僕は、慌てて着替えて、充電が切れているポータブル機にゲームソフトを入れ、他には充電器とスマホと財布だけを持ち、こうして出てきたのだった。

インターネットを使って、見知らぬ人の見知らぬチームと対戦したことはあったが、こうして対面して知り合いと対戦するのは初めてだと気づいた。雪子にそう伝えると、わたしもだよ、とさらりと返され、また驚いてしまう。態度から、てっきり何度もやっているのかと思いこんでいた。

「周りにあんまりやってる人いなくて。だから嬉しい」

そう雪子は言ったが、表情は、さして嬉しそうでもなかった。笑うでも柔らかくなるでもなく、いつもと同じ表情で、両手をポータブル機から離さずに、口だけを近づけてバニラシェイクを飲んでいる。すごく大人っぽくも、子どものようにも見えた。

対戦といっても、いざ始まると、プレイ中にプレイヤー（つまり僕たち）がすることは何もない。監督であるプレイヤーの役割は、選手を操作するというわけでもなく、ただ画面の中で、自分が育成してきた選手が、ちょこまかと動き、パスをしたり、シュートを打ったりするのを、自チームの勝利を願いつつ見守るだけだ。

前半に一点、後半になってさらに一点を追加し、二対〇で勝利したのは、僕のチームだった。青と白を組み合わせたユニフォームを着た選手たちが、勝利に喜んでいる。ちなみに雪子のチームのユニフォームは、白地に黄色のストライプだった。本人の服装よりはずっと地味だ。

「負けたー、くやしい」

試合の終了が表示されたとき、雪子は言った。いつもよりも大きめな声で。唇をとがらせ、眉間には皺がくっきりと寄っていた。

やけに可愛いと思った。雪子はけっして美人というタイプではないが、少し怒っているような、不満を抱えた顔が、なんだか可愛く見えたのだ。

「やった」

特に嬉しいわけでもなかったが、向こうがくやしがっている以上、一応喜んでおこうと思い、そう言うと、雪子はこちらをしっかりと睨《にら》んだ。

「もう一回やろうよ」

見つめながら言われ、断れなくて頷いた。本気だな、と感じた。

僕には当時、付き合って一年ほどになる彼女がいた。紗江《さえ》という名前で、偶然にも雪子と同い年だったが、僕とも雪子とも違う大学に通っていたし、もちろん雪子と知り合いというわけでもなかった。もともとは友人の紹介で知り合った。

紗江の特徴を一言であらわすと、おとなしい、だ。いつも控えめで、ただニコニコと微笑んでいる。

紗江はめったに怒らないし、自分の希望を口にしたりもしない。受け身の姿勢だ。優しい彼女に助けられていた一方で、どこか物足りなさを感じたり、不安になったりしていたのも事実だ。デートの頻度や場所や食事する店は、たいてい僕が提案した。断られることはほぼなかった。ほとんどの場合、いいよ、という答えが返ってきた。

いやだって思ったり、もっと行きたい場所があったりしたら、ちゃんと言ってほしい、ということを、何度となく話していた。そのたびに紗江は、もしあったら言うね、と答えてくれていたが、結局いつだって主導権は僕が握っていた。

その日も僕が決めた、カジュアルなイタリアンレストランで食事をしていた。飲み会で変わった子に会ったと、雪子の話を少しだけ伝えた。そのあと呼び出されて、二人で深夜のマクドナルドでゲーム対戦したことは内緒にしていた。別に何もなかったのだが、深夜に異性と二人で会っているのは、さすがにいやかもしれないと思ったから。

紗江は、わたしだったらすぐに帰っちゃうかもなあ、と言った。おそらくそのとおりだろうという気がした。そもそも呼び出されて、知らない人だらけの飲み会に行くところも想像できないが、行ったところで、初対面の男たちと朝まで話すとは思えない。

雪子が女子大に通っているということから、同じく女子大に通っている、紗江の友人について話題がチェンジしたところで、店員さんが紗江の前にパスタを運んできた。ピザとパスタとサラダを一つずつ頼み、シェアすることに決めていた。

置かれたパスタを見て、紗江は一瞬だけ顔をしかめた。それで気づいたのだが、オーダーしたはずのメニューと、目の前のお皿の中身は、明らかに異なっていた。前者は数種のキノコの和風パスタで、目の前にあるのは、キノコのクリームパスタのようだった。

「これ、違ってるよな」

僕が言うと、紗江は、そうだね、と言った。

「呼ぼうか。替えてもらおう」

「いや、いいよ」

僕の提案を、紗江は断った。

「でも和風パスタが食べたかったんじゃないの？」

メニューを見ながら、和風パスタの気分だな、と紗江は確かに言っていた。

「そうだけど、お店の人たち、みんな忙しそうだし、遅くなっちゃっても微妙だし」

言いながら紗江は、取り皿を手にして、目の前のパスタを分けはじめていた。いいならいいけど、と僕が言うと、うん、ごめんね、と紗江は言った。謝る必要なんてまったくないのに。

もう一度確認しようかとも思ったが、いいよ、と同じ答えが返ってくるに違いなかった。僕たちはまた、紗江の友人の話に戻った。

「おもしろくなかったね」

運ばれてきた水を飲んで、雪子は言った。

僕もまったく同じ感想を持っていたのだが、誘ってきた側である雪子がそう言ったのが、意外でもあった。

雪子は数時間前に、観たい映画があるから付き合ってほしい、と電話をかけてきたのだった。用事があるとか、バイトがあるとか、適当な嘘をついて断ったってよかったのだが、わかった、と答えている自分がいた。僕は本当に行きたいのだろうか、と、向かう電車の中でも自問自答しながら。

あらがえない何かが雪子にはあるような気がする。催眠術みたいなものかもしれないとすら思う。

映画はまるで知らない監督の、まるで知らない俳優たちが出ているものだった。映画館も小さく、ここでしかやっていないのだという。誰か好きな人が出てるの？と上映前に訊ねたが、そういうわけではないらしかった。

一時間半ほどの映画で、ラブストーリーだったが、最初から最後まで、主人公である女性の気持ちはよくわからず、結末もどう受け取っていいのかわからない感じだった。セリフもなんだかわざとらしくて、役者たちの演技も上手《うま》いとは言い難かった。

「もっとおもしろいと思ってたのに」

雪子はもう一度水を飲み、ダメ押しのように言った。

「でも、主人公、綺麗な人だったね」

僕は言った。なんとかいいところを見つけようと考え、ひねり出したものだった。

雪子はコップを置いて、僕を見た。信じられない、とでも言いたげな表情をしていた。

「ああいう顔が好みなの？」

「いや、そういうわけじゃないけど」

即座に否定した。本当に、好みというわけではなかった。あまりに映画を酷評しては、誘ってくれた雪子を責めるようになってしまうのではと思ったのだ。

「わたしは好きじゃない顔だったな」

雪子は言い切った。両耳につけている、三角の中に丸があるデザインのピアスが、少しだけ揺れた。

「前から観たいと思ってたの？」

僕は訊ねた。雪子は首を横に振った。

「昨日別のところでチラシを見つけて、まあなんとなく」

「そうなんだ」

続けて、どうして僕を誘ったのかも訊いてみたいと思ったが、同じように、なんとなくという理由だろうと察した。

女性の店員さんが、僕が頼んだアイスコーヒーと、雪子が頼んだイタリアンソーダのラズベリー味を運んできた。イタリアンソーダがどういうものかわからなかったが、グラスの下部に赤い液体、上部に透明の液体が入っている。どうやらラズベリーシロップと炭酸水を合わせたものらしい。上にはミントの葉がのっている。よくかき混ぜてからお飲みください、と説明して、店員さんはまた戻っていく。

雪子は言われたとおりに混ぜ、全体的に薄い赤になった液体をストローで口に含んだ。そのあとで、おいしくないな、と言った。わりと大きな声だったので、僕は思わず、店員さんがいるほうを振り返ってしまう。こちらを見ている様子はなかった。周囲の客たちも、特に気にしてはいないようだった。

「なんか安っぽい味がする」

雪子はさらに言い、わたしもコーヒー頼もうかな、と僕のアイスコーヒーを見つめながらつぶやいた。

「交換しようか？」

こちらの提案に、首を激しく横に振る。

「残して別の注文をすることで、おいしくなさをお店の人に伝えたいの」

あまりほめられた理由ではないと思ったが、僕は、そっか、と言った。そして数日前の、オーダーを間違えられたときの紗江の反応を思い出した。もしあれが雪子だったなら、正しいものに取り替えてもらうのだろうなと思う。

このカフェに入ったのは、雪子の提案だった。ここでいいよね、と言われて従った。真夜中のマクドナルドも、つまらない映画も、このカフェも。雪子は僕を、思いもよらない場所に連れていく。

着たい服を着て、つけたいアクセサリーをつけて、行きたい場所に行き、食べたいものを食べ、言いたいことを言う雪子の人生には、迷いが存在していないのかもしれない。

僕は不意に、小さい頃に読んだ物語を思い出した。あれは絵本だっただろうか、それとも童話集だっただろうか。細かいところは思い出せないけど、ある女の人だけが正直な意見を述べて、そのことで、お姫様だと証明されて、王子様と結婚するというあらすじだった。あのお姫様が現代にいたのなら、雪子のような性格だったのかもしれない。

雪子は知っているか訊ねてみようと、顔をあげたときに、思いきり目が合った。こっちを見ていたらしい。

「どうしたの」

僕が言い終わるのと同じくらいのタイミングで、雪子は言った。

「わたしたち、付き合わない？」

「もう疲れた。歩きたくない」

「あと少しだから」

僕だって疲れたよ、とか、行きたいって言ったのは雪子でしょう、とか、さまざまな言葉が浮かぶが、どれも口に出したところで、ロクな結果が生まれないとわかっているので、なだめるしかない。

「人多すぎるよね。バカみたい」

自分もそのうちの一人であるというのに、雪子は吐き捨てるみたいに言う。他の人に睨まれてしまわないか心配になる。

オープンしたばかりのショッピングモールが日曜日に混雑していることくらい、簡単に予想できたし、そのまま伝えたにもかかわらず、行こうよ行こうよ、と言いつづけたのは雪子のほうだった。別の時期にしようという僕の提案は、不機嫌にさせてしまうだけだった。

「あ、このお店、探してたの。ちょっと待ってて」

一瞬前まで、歩きたくない、と言っていたのと同じ口とは思えない。雪子は嬉しそうに、こちらの返事も聞かずに、あるお店へと入っていく。女性用の下着店だ。付いてこいと言わなかったのは、せめてもの優しさかもしれない。

後ろ姿が、出会った頃よりも、だいぶ太って見える。事実、体重はかなり増えているはずだ。結婚してからの二年半は特に。十キロ以上だろうか。

置かれているベンチに座りたかったが、既に他の人たちによって占領されている。仕方ないので、邪魔にならないところを見つけて、壁にもたれかかる。手に持った紙袋が重たい。中身のほとんどは雪子のためのものだ。

目の前をたくさんの人たちが過ぎていく。多くは家族連れで、僕よりも年齢が上に見えるが、中には同年代とおぼしき人もいる。

小さな子を連れた女の人が通りかかる。横顔にどこか見覚えがある。誰かに似ていると考えて、すぐに気づいた。紗江だ。身長の違いやホクロがあったことで、本人ではないとわかっていたが、それでも見えなくなるまで、後ろ姿を目で追った。

もし、あのとき紗江と別れなければ。

僕はまたシミュレーションする。自分が選ばなかったほうの道を。何度となく繰り返してきた。何十度、何百度、いや、もっとかもしれない。

別れを切り出したとき、紗江に、どうしてもだめなの？　と訊ねられた。ごめん、と僕は答えた。どんなに泣いても、最後まで僕を責めるような言葉を口にしなかった。

なぜ、あんなに簡単に切り捨てることができたのだろう。一度だって僕を苦しめたりはしなかったのに。いつだって柔らかく受け入れ、静かに微笑んでくれていたのに。

多少の退屈を、不幸だと錯覚していたのだ。あのときの僕は。

雪子に惹かれたのは、この人となら、思いもよらない場所に行けるかもしれない、と思ったからだ。あのときカフェでおぼえた感覚。その願いに関しては、叶ったと言わざるをえない。だってこんなふうに混雑した日曜日のショッピングモールにいる自分なんて、あのときはまるで想像していなかったのだから。

物理的なことだけじゃない。こうして結婚して、働きたくないという雪子を養う人生は、確かに思いもよらないものだった。給料の安さを罵《ののし》られても、お店で文句を言う雪子の代わりに謝ることになっても、それらはすべて僕が望んだことなのだ。

そう受け入れるしかない。

「あ、こんなところにいたー。オープニングセールとか言っても、全然安くなってないの」

雪子が不満げに言いながら、近づいてきて、新たな紙袋を僕に手渡す。安くなってないと言いながらも、いくつか購入したらしいことが、紙袋の重さから伝わる。

長い夢だったとしたら、目覚めたときに、隣にいる紗江に、どこから話すだろうかと僕は考える。これも何度となく考えてきた。でもそんな瞬間は訪れないのだ。

「ほんと疲れた」

雪子は振り返り、僕に言う。ほとんど化粧をしていないが、唇はテカテカと光っている。僕は、あと少しだから、と、さっきも言ったことを繰り返す。自分に言い聞かせる気持ちだ。あと少しでお店を一周し終わる。でも人生はまだ続いていく。

多分。

神様の名前

誰にだって封印して閉じ込めてしまいたい出来事は一つや二つ、いやもっとたくさんあるはずだ。あたしの場合、真っ先に思いつくのが、小学校低学年の頃の参観日の出来事。音楽の時間だった。

一人ずつ前に出て、好きな曲の一節を歌う、ということになっていた。緊張して泣き出してしまい、結局全然歌えなかった子もいるけど、今思えば、あたしだってそうなったほうがよかった。あんな空気になるくらいなら。

あたしには、先生に参観日の内容を伝えられたときからずっと、歌おうと決めていた曲があった。「むらさきの光」。好きとか嫌いとかじゃなくって、間違いなく、人生の中でもっとも多く歌ってきた曲だったから。国歌や校歌よりもずっと。

誰しもー　心のー　中にー　持つー

迷いー　憂いー　惑いー
包みこむむらさきの光とーやさーしさー
闇を恐れーずにー　すーすーめー

あたしが「むらさきの光」を歌いはじめて間もなく、クラスの何人かの子が、知らなーい、と声をあげはじめた。その声はすぐに広がり、ほとんどクラス全員のものとなった。先生は手で制止したけど、からかいの色は強くなっていった。あたしは本当は一番だけでやめるつもりでいたのに、そのタイミングも失ってしまい、いつもそうしているように、三番まで歌い切ることとなってしまった。歌い終えたとき、他のお母さんたちも、先生すらも、なんだか困ったような顔をしていた。

今思えば困惑の理由はすぐにわかる。途中で繰り返される神様の名前は、みんなにとっての神様ではなくって、見知らぬものだ。幼い子が、聞いたこともない名に様をつけて、歌の中で呪文のように繰り返す様子は、たとえ名前を正確に聞き取れなくたって、歌詞の意味が拾いきれなくたって、異質に映るだろう。

あたしは何もわかっていなかったのだ。迷いも憂いも惑いも、七、八歳やそこらのあたしの中にはまったくなかった。むしろ、目の前にいるクラスメイトや大人たちの妙なリアクションによって、あの瞬間に誕生したのかもしれない。

自分の母親だけは、うっすらと微笑み、何度か頷いていた。あの頷きも、あたしは絶対に忘れないし、一方で、今すぐに忘れ去りたくてたまらなくなる。あたしが、みんなと違うかもしれない、と気づいた瞬間でもあった。

毎週土曜日の午後や日曜日になると通っていた集会、どんなに具合が悪くたって忙しくたって、うちにある仏壇に向かって唱えられる三十分はある母親のお経、仏壇の周囲に貼られていたいくつものお札、あたしが熱を出したときや転んでケガをしたときの、おまじないのような、神様の名前の復唱。

我が家に当たり前に存在しているものは、他の家にはまったく縁のないものばかりだったのだ。

「むらさきの光」は年齢を重ねるにつれ、歌う機会を減らした。高校生になると、子ども会には、子守りのような立場で参加することになる。そこで子どもたちと一緒に歌ったのがおそらく最後だ。

あたしは今でも、「むらさきの光」をそらで歌うことができる。一言一句間違わずに。けれど絶対に歌いたくないと思っている。できるならば一生。学校生活で出会った他の子たちが歌わないように。透《とおる》くんが歌わないように。

あたしには今、神様なんていない。いや、違う。しいていえば、あたしの神様は、透くんだけ。

待ち合わせ場所のファミレスには、あたしのほうが先に到着していた。暇だったからかなり前に来て、ドリンクバーのドリンクをいろいろと試し、スマートフォンでパズルゲームをやっていた。だから全然謝る必要なんてなかったのに、やってきた由歌里《ゆかり》は、慌てた様子であたしの向かいに座るなり、ごめんね、ごめんね、と困った顔で繰り返す。普段からただでさえ下がっている眉が、さらに下がっている。

いつものことながら、今日も薄化粧だ。ほとんどノーメイクに近い。それでも小鼻のところに粉が少しだけたまっているから、パウダーファンデーションを塗っているのだとわかる。化粧くらい少し勉強すればいいのに。口紅も大部分が落ちているのに、ほくろのように、妙に赤い箇所が残っている。指摘しようかと一瞬思って、やめる。

身につけている服も、代わり映えしない。白い英文が入った小豆《あずき》色の半袖Tシャツに、深緑のロングスカート。Tシャツの丈が妙に長いこともあって、あまり合っているとは言い難い組み合わせ。それだけでなく、今の初夏という季節には、少し重たすぎる。きっと服装なんてなんでもいいのだろう。

由歌里は、お水を持ってきてくれた店員さんに、ありがとうございます、と深々と頭を下げ、テーブルの上にあったメニューを開く。

「ごはん食べるよね？　あたしも食べようっと」

「ごめんね、食べずに待ってくれてたんだね。お腹すいてるよね」

「いや、そうでもないよ」

「ごめんね」

何度ごめんねを聞くことになるのだろうと思いつつ、あたしはメニューに目を落とす。おそらく家の冷蔵庫には、あたしが食べるかもしれないと、今日もいくつかのおかずが用意されている。長年使っている黒い炊飯器の中にはごはんが。あたしがいつ家で食事をとりたくなってもいいように。

「決めたー。シーフードカレーにしようっと。決まった？」

「うん。和風おろしツナパスタにする。あとドリンクバー。あ、ごめんね」

今度の謝罪は、あたしが店員さんを呼ぶためのボタンを押したことに対するものだった。

やってきた店員さんに注文を済ませると、ごめんね、飲み物とってくるね、と言い、由歌里は席を立った。

　きっとあたたかいお茶を持ってくるに違いない、とこっそり予想したとおり、由歌里はマグカップを持って戻ってきた。由歌里は氷の入った飲み物を、めったに口にしない。それは別に由歌里（やあたしの母親）の信じる神様とは関係なくて、おそらく単なる好みなのだろうが、もしかすると、それすら教えの一環なのかもしれないと勘ぐってしまう。

「あの、これ。使えるかどうかわからないんだけど」

　飾り気のない、男物にも見える真っ黒なバッグから、由歌里はクリアファイルを取り出し、こちらに渡してくる。数枚の紙と、ＵＳＢメモリが入っている。

「ありがとうー、いつも助かる」

「ううん、わたしも勉強になるから。すごくおもしろかった」

　そう言うとさらに、夏目漱石「夢十夜」の収録された文庫本を、両手で差し出してきた。片手で受け取り、そっちはすぐにバッグにしまう。薄い赤、白、青、のトリコロールになっていて、中央の白い部分には金文字でブランド名が入っている２ウェイバッグは、最近買ったもので気にいっている。おそらくすぐに汚れが目立つようになってしまうだろうとは予感しつつ。永遠に使いつづけられるものなんてないのだ。

　大学の文学部に入学したものの、あたしは特に小説が好きというわけではない。ただ、理数系科目は苦手だったし、オープンキャンパスで、各学部の説明を受けるうちに、文学部から、なんとなく楽しそうでラクそうな雰囲気が感じられたのだ。

　大学生活は確かに楽しい。ものすごく楽しい。今までの人生で一番、と自信を持って言い切れる。けれど文学部に関しては、ラクそうという予想に反し、試験以外にゼミでのレポートも多くて嫌になると、由歌里に愚痴ったところ、ゼミやレポートについて、強い興味を示してきた。試しに他の生徒が発表したレポートをいくつか紹介したところ、わたしも書いてみたい、と言い出し、ちょうどあたしの発表の順番が近かったので、担当箇所について説明し、書いてもらってみた。修正すればいいと思っていたけれど、いざ由歌里が書いたレポートを読んだら、修正点が全然見当たらず、そのまま発表して何ら問題はなかった。以来、時々お願いしているのだが、どんな本であっても、どんなタイミングであっても、うん、いいよー、と快諾してくれる。あたしよりも明らかに忙しそうな様子なのに。

　もともと由歌里は成績がよかった。同じ高校だったのでわかる。だから普通に大学に進学しようとすればできたはずだけれど、由歌里は今、福祉の専門学校に通っている。卒業したら介護施設で働く予定だという。奨学金制度も利用しているらしいが、細かいことはわからない。うちと同じく母子家庭である由歌里の家は、うちよりもずっと貧乏だ。見るからに古いアパートの、狭い空間で、お母さんと二つ下の高校生の弟と三人で暮らしている。それぞれの個室もないのに、仏壇だけはリビングの隅で立派に輝いていた。しばらく足を踏み入れてはいないが、おそらく今も変わっていないだろう。毎日、三人によって、お経が唱えられているはずだ。丁寧に磨かれた、ピカピカの仏壇に向かって。

集会に来るのは、あたしと由歌里がそうであったように、母子家庭の子が多かったように思う。あたしの両親の場合は、母親が入信したことで離婚につながっていったけど、由歌里の両親のように、離婚したことが入信のきっかけになる場合もある。どっちでもいい。卵が先でもニワトリが先でも。

あたしの母親の入信のきっかけは、あたしの兄の死だ。とはいえ、あたしにはまったく記憶がない。兄は三歳で死に、あたしはそのとき生後半年くらいだったのだから、あるはずがない。もともと心臓に問題があったというのも、生まれた直後から入退院を繰り返していたというのも、後で聞かされたことだ。

あたしが二歳のときに出ていった父親とは、数ヶ月に一度会うような関係が、中学生くらいまでは続いていたので、さすがに記憶はあるものの、それも濃厚なものではない。いつも話題がなくて困っていたし、あたし以上に父親が話題がないことに困っているのを感じているような時間だった。養育費を払ってくれていたのは知っているし、由歌里の家のように貧乏ではないのは、スーパーで働きつづけている母親もさることながら、父親のおかげなのだろう。

あたしが、母親（や由歌里たち）の信じる神様を捨てたことを、父親は知らない、はずだ。知ったら喜ぶのかもしれないけれど、別に連絡するほどでもないし、大喜びするような姿も想像できない。そうか、と言ってから、また黙ってしまうかもしれない。一応電話帳に入っている連絡先は、まだ普通に通じるのだろうか。

一方の母親は、ただ黙っている。あたしが集会に行かなくなったことも、仏壇を無視するように暮らしていることも、こんなふうに連絡もなしに食事を済ませてしまうことについてだって。

何も思わないはずはないのに。あたしは母親の沈黙に苛立《いらだ》ちながらも、こっちもまた黙っている。うちには見えない光線が飛び交っているのかもしれない。

クリアファイルに入れてもらった、数枚の紙、すなわち由歌里が書いてくれたレポートにざっと目を通す。課題小説である「夢十夜」はまだ読んでいないが、今回も全く問題なさそうだった。

「もし使えなかったら、捨ててくれていいからね」

渡してくるたび、毎回のように言うセリフを、今日も由歌里は口にする。捨てたことなんてない。修正だってほとんどしていないくらいだ。

「ううん、大丈夫だよ、ありがとう」

あたしはクリアファイルもバッグにしまいこみ、笑いかける。コンシーラー、リキッドファンデーション、フェイスパウダー、眉ティント、まつげエクステ、透明マスカラ、クリームチーク、リップグロス。あたしは由歌里とは比べものにならないほどのコスメを駆使して、なんとか自分の顔を整えようとしている。そうすることで、今よりさらに素晴らしい日々が待っている気がするから。お互いにスッピンならば似たようなものかもしれないが、今のあたしは、由歌里よりもずっと高い価値を持っていると信じている。

「そういえば、透くんのライブ、来月の七夕にあるみたいなんだけど、都合どう？」

あたしはスマートフォンのカレンダーを開きながら言う。既にスケジュールは登録済みだ。

「あっ、えっ、七夕……。ごめんなさい。ちょっと難しいかも」

由歌里はバッグから手帳（バッグ同様に飾り気のない真っ黒なもの）を取り出しながら、けれどカレンダーを開く前に言った。

やっぱり、と思う。

七夕は夕方くらいから子ども会があるはずだ。子どもたちが集まり、みんなで一緒にごはんを食べ、笹飾りに願い事を書く。そこに由歌里が行かないはずはない。子どもたちの間を縫うように歩きながら、短冊一枚ずつに優しいコメントを向ける姿が、実際に見たわけじゃなくても、容易に浮かぶ。当日に授業があるのかは知らないが、きっと学校を早退してでも、準備段階から張り切って参加するだろう。友だちの彼氏のライブに行くわけがない。

「そっかー、子ども会あるもんね」

あたしは、今気づいたかのように言った。本当は聞く前から知っていたのに。

「大事なイベントだもんね」

由歌里は、ごめんね、と申し訳なさそうに言った。その様子にちょっとした怒りをおぼえてしまう。あたしが嫌みを言っていることに、気づかないはずはないのに。由歌里にとって大切な神様を、あたしはもうどうでもいいと思っていて、そのことは充分にわかっているはずなのに。いつも、反論も、諭すようなこともせずに、ただ謝るのだ。ごめんね、と。悪い部分なんてなくっても。

「じゃあ、別の機会にまた声かけるよ。透くんも会ってみたいって言ってるし」

「ごめんね、ありがとう。わたしなんて会ってもガッカリさせちゃわないかな」

「そんな、別に恋人探しで会うわけじゃないんだから」

「あっ、もちろんそうなんだけど、わたし、うまくしゃべれないし、幸子《さちこ》ちゃん……、さーちゃんと違って、オシャレなわけでもないし」

あたしの名前を言い直した。まだ慣れないのだろう。もう幸子ちゃんって呼ばないで、さーやんとかさーちゃんにして、とお願いしたのは、つい最近のことだ。幸子という、妙に古臭い名前は、ずっといやなものだったけど、母親が付けたのだと知ってから、余計に捨てたくなった。透くんはあたしを、さーちんと呼ぶ。他にそんな呼び方をする人はいない。特別な呼び名。

「オシャレとかじゃないよ。普通だよ。由歌里ももっと、洋服とかメイクとか、いろんなの試してみればいいのに。あたし、いつでも付き合うよ」

「うん、ありがとう。緊張しちゃうな」

礼を言うものの、実際に、付き合って、と誘ってくることはないだろうなと思った。由歌里のいる世界は、狭くて偏っている。集会で毎週のように会っていた人たちの、画一的な笑顔が頭をよぎる。笑顔というよりも微笑み。あらゆることをわかっていますよ、受け入れますよと言わんばかりの。いつまでもそんな場所にいたって、しょうがないのに。


「にしても、ほんとに地味だったね」

「そうでしょ」

透くんが楽しそうに言うので、あたしも嬉しくなってしまい、はしゃいだ相づちを打った。

「やっぱりああいう子が、宗教とかにハマるんだな」

あたしは、自分がそこから抜け出したことをほめてもらえたような気がして、ますます嬉しくなった。

セックスを終えて、まだ汗ばんでいる自分の身体が、まだ汗ばんでいる透くんの身体にくっついている。それが妙に心地いい。このまま離れないといいな、くっついたままでいられるといいな、と夢みたいなことを思う。

透くんの部屋のシングルベッドは狭い。そのことすら、幸福の象徴みたい。こんなに狭いところで、世界で一番大好きな人とくっついて、少し前に会った、あたしの友だちの話をしている。由歌里やあたしのお母さんの信じる神様には、こんな時間は与えられっこない。

「でもよかった。ライブ行けないの残念って言ってたし。それより先に会わせられると思わなかった。ライブの日は、子ども会の七夕行事があるんだって」

透くんは忙しい。バンドの練習や、友だち付き合いで、ドタキャンもしょっちゅうだ。逆に考えると、そんなに忙しい中で、あたしに会ってくれているのだ。

「子ども会？」

「そう、毎週子どもたちが地域の集会所に集まってるんだけど、たまに行事があるの。七夕だったら、短冊に願い事書いたり、踊りとか出し物があったり」

「毎週集まってんの？　それ、何するの？　さーちんも行ってたんだよね？」

「行ってたよ。行事はいつもじゃないけどね。普段はトランプとかして、夜まで遊ぶような感じ。日によってはそのままみんなでカレーとか食べたり。高校生や大学生くらいの人がちょこちょこいて、今思うと、学童保育みたいな感じで」

「へえ、なんか気持ち悪いなー」

透くんは、かつてあたしのいた空間について、何も考えていないような否定の言葉を簡単に口にする。けれどかえって、あたしにとっては、それがありがたい。あたしは正しい選択をしたのだと、認めてもらえている気がする。あたしがいた場所は間違っていたし、今いる場所こそが正解なのだと。

「あー、あと、毎回、歌の時間があったよ」

「歌の時間？」

「みんなで揃って歌うの。何曲かあるんだけど、だいたいは神様の名前が入ってて」

「え、なにそれ。ちょっと歌ってよ」

「いやだよ」

頭の中ですぐに「むらさきの光」が流れ出す。ピアノのイントロ。誰しもー、という、あの出だし。だけど音にはしたくなかった。たとえ一節でも。

「なんでー、歌ってよー」

透くんはそう言うと、あたしの上に覆いかぶさるようになり、首筋に軽くかみつく。快感よりもくすぐったさで、あたしは笑ってしまう。

ふと、今日会った由歌里の服装を思い出す。いつものようにTシャツではなく、クリーム色のワンピースだったのは、精いっぱいのオシャレだったのかもしれない。でも膝下を過ぎている丈《たけ》は中途半端なものだったし、ずいぶん古いものなのか、襟《えり》の後ろは少し黄ばんで変色していた。あからさまに緊張した様子で、透くんが些細《ささい》な質問を投げかけるたび、いつも以上に口ごもり、声が小さくなっていた。かわいそうな由歌里。男の人と話すことなんてめったにないのだろう。集会以外では。

床に置かれたあたしのバッグの中、スマートフォンには、おそらく由歌里からメッセージが届いている。今日はごめんね、と。うまく振る舞えなかった自分についての反省と、そして透くんについてのほめ言葉が。後で家に帰って、一人になったら返信しよう。今はただ、透くんに集中しよう。

じゃれつきが、キスになっていき、あたしは小さく声をあげる。


男友だち二人と一緒にごはんを食べている透くんを発見したとき、あたしは声をあげそうになった。もちろん嬉しさで。でも我慢した。後で驚かせようと決め、むしろバレないように姿をひそめながら、「本日のパスタA」を食券と引き換えに受け取る。ほうれん草入りカルボナーラだ。

あえて柱の陰を通っていくようにして、少しずつ近づいていく。ちょうど透くんの後ろになるような位置だ。いつ声をかけようと悩みつつ、ゆっくりと席につく。ここだと声もぎりぎり聞こえる。

こっちの学食はあまり利用しない。地下で窓がないので、ちょっと暗いイメージがあるのだ。メニューも普段使っているところのほうが充実している。けれどなんとなくこっちにやってきたのは、こうして透くんに会うためだったのかもしれない。運命というのは大げさかもしれないけど、呼ばれているような気がする。

透くんは、一緒にいる男友だちの彼女の話をしているようだった。誕生日が近いから、プレゼントに何を買ったらいいかとか。話が一段落して、もしかしたら立ち上がってしまうかもしれない、と、透くん、と叫びかけたところで、今まで話し役だった男友だちが透くんに訊ねた。

「そういえば、あの女の子、どうしたの。ほら、宗教の」

あたしは慌てて、呼びかけた名前を、口をつぐんで呑みこむ。宗教の？　それってあたしのこと？

もう一人の男友だちが、あたしの疑問を代弁してくれるかのような問いを口にする。

「なに、宗教の、って？」

「あれ、これ、内緒の話だった？」

「いや、別に。知り合いの知り合いなんだけど、宗教ハマってる子がいて、おもしろそうだから、どういう感じなのか聞いてみたくって、こっちが興味あるふりして誘って、ついでにやろうと思ったら、ガチで神様の話とかされてさ。さすがにあれだけガチだとひいたわ。ないわー」

「知り合いの知り合いとか言ってるけど、その知り合いってのにも、手出してるからね、こいつ。鬼畜だよ」

「言うなよ」

「うわー、地獄に落ちるね。その神様に呪われるよ、お前」

三人は楽しげな笑い声をあげる。

あたしは、たった今耳にした情報を、必死で整理する。知り合い、というのがあたしのことだとしたら、知り合いの知り合い、は由歌里だ。ファミレスで会った短時間のうちに、透くんは由歌里の連絡先を聞き出し、この二週間のあいだに連絡し、二人で会ったというのか。そこで「ガチで神様の話」をした？

あたしはフォークを置き、まだほとんど残っているカルボナーラが入ったトレイをテーブルの上にほったらかしにしたまま、バッグも持たずに、透くんに近づいていく。

まだ笑い合っている透くんに、背後から声をかけた。

「ねえ、今の話って」

振り向き、あたしの存在を認識した透くんは、一瞬にして顔をゆがめる。怯《おび》え、というのが一番近いかもしれない。愉快か不愉快かでいえば、明らかに後者が滲み出た表情。こんな顔初めて見た。あんなに一緒にいたのに。

「なんでいるの」

他の男友だちは、事態が呑みこめていないのか、笑いを止めて、ただ困惑している。おそらく、ただごとじゃない、というのだけはすぐに伝わったのだろう。

「それより説明して。今のって由歌里の話だよね?」

透くんの表情が、怯えを浮かべたものから、怒りを含んだものに変わっていく。違うよ、と言ってくれたらいい。そんなわけないだろ、と否定してくれたらいい。

「別に、手出してないし」

「そういう問題じゃない」

すぐに言葉が出た。手を出したとか出してないとかじゃない。だって、出せるなら出すつもりだったんでしょう?

「いや、っていうか、彼女面《づら》されても迷惑だし。ずっと前から思ってたけど、別に俺たち、付き合ってるわけじゃないでしょ。そんな契約した?」

「ちょっと、言いすぎ」

男友だちが、発言をたしなめる。それはあたしを、むしろ惨《みじ》めにさせた。なぜ見知らぬ男子に仲裁されなければいけないのだろう。透くんと、あたしの話なのに。

「でも、あんなに」

あたしは言葉を続けられない。あんなにキスしたのに。あんなにセックスしたのに。あんなに笑い合ったのに。どう言ったところで、一笑に付されてしまう気がした。尊かった時間を、簡単に否定されて踏みにじられてしまいたくない。

何も言えなくなったあたしを、透くんはただ見ている。浮かんでいるのは、怯えでも怒りでもない。不自然に折れて使えない割り箸を見るみたいに、あたしを見ている。

やってきた由歌里は、あたしの姿を見つけると、より急ぎ足になり、向かいに座った。黒いTシャツに、少し太すぎるようにも思えるデニム。

「待たせちゃってごめんね。どうしたの？　新しいかだ……」

「透くんに会った？　二人で」

おそらく、課題、と言おうとしたのであろう言葉をさえぎり、あたしは訊ねた。

由歌里は、ごくわずかに頷いた。見逃してしまいそうなほどささやかな角度で。

「あのね、でも、誤解してるなら、違うよ。彼は幸子ちゃんのことが好きだからこそ、どう関わっていいか不安になって、わたしから情報を聞こうと思ったんだと思う。幸子ちゃんとわたしのほうが、付き合いは長いわけだし」

たどたどしく言う。呼び方を訂正する気にもなれず、あたしは氷をたくさん入れたメロンソーダを飲む。由歌里のところにお水が運ばれてくる。ありがとうございます、と深々と頭を下げる。どうしてそんなことするの。いつもいつも。そんなふうにする人、由歌里以外に見たことがない。

「口説かれたんでしょう、透くんから」

由歌里はものすごい勢いで首を何度も横に振る。

「そんなはずないよ」

今日もほとんどスッピンに近い。どうして透くんは、手を出したかったんだろう。もっと可愛い子ならよかった。あたしの知ってる子だとしても。だってこんなにさえないのに、由歌里は、ずっと。

「本当に何もなかったよ」

知っている。なかったのは。何か起こそうとしていたことだけで充分に問題なのだと説明したかったが、目の前にいるこの子はきっと、そんなはずないよ、と繰り返すだろう。

彼女面されても迷惑だし、と透くんは言った。あたしが好きで好きでたまらない相手は、あたしを彼女とは思っていなかった。凹凸がぴったりとハマるように、最高の相手に出会えたと思っていたのは、あたし一人だけだった。

「幸子ちゃん、どんな事態かはわからないけど、ちゃんと話し合ったほうがいいよ。人は誰しも失敗してしまうものだよ。どんな人でも、時に道を間違えてしまうことはあるよ」

由歌里はあたしを見つめながら言う。心配そうな表情で。心から心配しているのだろう。

「あたしも間違えてると思ってる？」

あたしは訊ねた。由歌里はしばらく黙ってから、今度はゆっくりと、首を横に振った。

「ううん、幸子ちゃんの選択だから」

由歌里が信じつづける神様を、あたしは捨てた。そして信じつづけている由歌里を下に見て、目を覚ませばいいのに、と思っていた。きっと由歌里は全部わかっているのだ。あたしの嫌みも、あたしの遠回しな毒づきも、わかった上で、ずっと聞き流していたのだ。幸子ちゃんの選択だから、と。

包みこむむらさきの光とやさしさ。由歌里はそれを目指しつづけ、手にしたのだろう。誰しもが迷いや憂いや惑いを持っている。どんな人でも道を間違えるというのは、認めたくないが、真実だ。

あたしのトリコロールのバッグは、まだ綺麗さを保っている。あたしが選んできたもの。あたしが磨いてきたもの。それは正しかったのに。母親に押しつけられてきたものよりもずっと正しくて、華やかで、楽しかったのに。

不意に神様の名を呼びたくなった。小さい頃、転んだときにそうしていたように。咄嗟に浮かんだのは、もう数年口にしていない、あの名前。透くんの名前ではなく。いさぎよく捨てて、二度と口にしないだろうと決めていたはずの、あの名前。

皺のついたスカート

駅は、改札がICカード対応式の自動になっていたり、構内に入っているファストフード店が別のチェーンのものになっていたり、わたしが使わずにいたあいだの時間の流れを視覚化したように新たな風景だった。

にもかかわらず、出口に向かいながら、懐かしさに気が遠くなるような感覚があった。

二度と来ないだろう、とは思ってもいなかった。むしろ、どうせまた近いうちに戻ってくるだろう、と考えていた気がする。けれどそれすら勘違いかもしれない。最後にこの駅を使ってから、十五年ほどが経っているのだ。

いったいこの駅を利用するのは何度目なのだろう。当時の友だち、初めての彼氏、家族。一人で来たのよりも、誰かと一緒に来て、そして別のどこかへと向かった思い出のほうが多い。ほとんどはおそらく、もう二度と会わないであろう人たち。顔や名前をはっきりと憶えている存在もあれば、あだ名しか思い出せそうにない存在もいる。それでも自分の名前を呼ばれるときの声や、並んで歩いたときの肩の位置など、破片はちらばっている。

記憶は際限なく溢れ出てきそうで、黒いバッグを持つ右手に力をこめた。

バッグの中には財布の他に、下着やストッキングの替え、メイク道具といったものが入っている。今日はセレモニーホールに泊まる予定だ。来る前にコンビニで香典袋を買って、新幹線でお金を入れたのだが、ペンがないため記名はできていない。金額も、インターネットで調べて、適切だと思われた金額を包んだのだが、それが正しいのかわからない。

コートを着るほどではないと思っていたが、軽く羽織れるものがあってもよかったのかもしれない。喪服は持っていなかったので、昨日慌ててデパートに買いに行き、その値段の高さに驚いて、スーパーに毛が生えたような店を探し、婦人服売り場で購入した。

外に出て、停まっている車の中に、弟の姿を捜す。タクシー以外の車は少なく、すぐに見つかった。向こうも気づいたようで、こちらが近づいていくと、運転席に座ったまま、片手を軽くあげた。弟に会うのは、結婚式以来なので、三年か四年ぶりくらいだ。あのときはタキシード姿で、今度は黒いスーツ姿。普段着の弟を全然見ていないな、と思う。

助手席のドアを開けて乗り込んだ。紺の乗用車。後部座席にはチャイルドシートが設置されている。弟の息子はもう一歳になったのだろうか。生まれた報告はメールで受けていた。名前も一緒に知らされたはずだが、忘れてしまった。お祝いにベビー用カタログギフトを送ったことと、そのお返しとしてタオルとバスタオルの詰め合わせをもらったことは憶えている。バスタオルは吸水性の高い白いものだった。

「ありがとう」

わたしは言った。ああ、と弟が答える。

景色が動き出す。弟の運転する姿を見るのも、運転している車に乗るのも初めてだが、弟の運転が慣れた様子であるせいか、何度も経験したように感じられた。

「いつ帰ってきたの」

「今朝出て、昼くらいに着いた。運転疲れた」

「電車で帰ってくればよかったんじゃないの」

「いやだよ、めんどくさい。かえって遠回りになるし」

弟が住んでいるのは、ここから車で二時間くらいかかるはずの地方都市だ。結婚式もそこであげていた。大学も、就職先も、結婚相手を見つけた先もそこだった。わたしは次にいつ行くのかわからない場所。あるいはもう二度と行かないかもしれない。結婚式のときも、披露宴を終えて、観光もせずに東京に戻った。

わたしは運転免許を持っていない。いつ弟が免許を取得したのかは知らない。少なくともわたしが家を出てからだ。あのとき、弟はまだ高校一年生だったから。

「家族で来てるの？」

「そうだよ」

当たり前のことを聞いてしまった、と、当たり前のように答えられて思う。

奥さんは働いているのかとか、子どもは保育園に通っているのかとか、いくつか質問が浮かんだ。同世代の友だちに対して向けるような、あるいは向けられていたのを聞いたことがあるような質問だ。かといってどれも、別に知りたいわけではない気がした。なので黙った。ラジオでは女の人が季節についての話をしている。少しして曲が流れた。

駅でタバコを吸ってから出てくれればよかったな、と思う。おそらく車内は禁煙だろう。臭いがしない。

「電話ありがとう」

「ああ」

わたしが言い、弟が答える。先ほどもこんな答えだった。

また黙ると、今度は弟が言った。

「母さん、さすがにちょっとまいってるみたい」

「そうなんだ」

わたしは答えた。どうせあと少しすれば、直接様子を見ることになる。それでも聞きたくなかったような気がした。ますます行きたくない。タバコが吸いたい、とまた思う。


弟から電話がかかってきた時点で、いい予感はしなかった。出産祝いのお返しについてのお礼を送って以降、特にやりとりはなかった。年賀状が届いていたが、印刷された文字以上のメッセージは書かれていなかったし、それも返してはいなかった。

「もしもし」

「もしもし、靖久《やすひさ》だけど。今大丈夫?」

「うん」

会社から戻ってきて、一人の部屋で、食事をとっていた。残り野菜を炒めたものをのせたパスタ。名前もつかないような料理。

引っ越してからというもの、平日はたいていこんな感じだ。コンビニでお弁当を買って帰宅するようなことも多い。母が見たなら、険しい顔で、注意の言葉を浴びせてくるに違いない光景。以前はもっとまともなものを食べていた。休みの土日には、常備菜を用意して、わざわざショップを選んで買いに行ったタッパーに入れて、冷蔵保存や冷凍保存して。タッパーは今や、狭くなったキッチンの棚の中で、使われそうにないまま眠っている。

「ばあちゃん、死んだって」

死因は老衰。しばらく前から食べ物も飲み物も受け付けず、施設を出て、病院に入院して点滴だけで過ごしていたのだが、数日前からすっかり弱り、意識も不確かなものだった。通夜はあさってで、葬式はしあさって。いずれも、ほとんど身内だけの小さいもの。

弟が、今の時点でわかっている情報を伝えてくれている間、わたしは、祖母に最後に会ったのがいつなのかを思い出そうとしていた。けれど無理だった。施設に入っているという話も、弟の結婚式で親戚の誰かから聞いたくらいで、実際に会いに行ったりはしていない。

通話を終えてからも、しばらく考えていたのだが、やはりわからなかった。高三の三月に卒業祝いとして、お金をもらった記憶がある。そのあとでも会いに行っただろうか。当時祖母は、うちから歩いて二十分くらいの一軒家で、独り暮らしをしていた。祖父はわたしが小さいときに亡くなっていた。

既に家事をこなすのは難しい状態となっていて、ヘルパーさんがやってくる他にも、母や伯父《おじ》夫婦が時々顔を出していた。わたしもたまに行くことはあったが、話し相手になるくらいで、家事を手伝ったりはしなかった。おそらくあれからさほどしないうちに、施設に入所したのだろうと思う。

祖母が死んだと言われても、その姿を見ていないせいか、実感はまるで生まれなかった。悲しさも寂しさも遠い。ずっと会っていないので、何一つ変わらない気がしてしまう。幼い頃の思い出をいくつか掘り起こしてみたが、それでもやっぱり、死を感じることはできなかった。

電話越しの弟の声も、悲しんでいるようには聞こえなかった。戸惑っているようだった。おそらくわたしと同じような気持ちだろう。ただ、弟はわたしと違い、実家との交流もあるので、施設にも顔を出したりしていたのかもしれない。

母は落ち込んでいるのだろうか、と思った。状況的に考えれば何ら不思議はないのだが、母と落ち込む姿が結びつかない。わたしたちの前では、いつも強気だった母。だからこそ衝突し、わかり合えずにいたのだ。ずっと。

喪服を買わなくては、と思った。それから、会社に休むことを伝えなくては、とも。やらなければならないことを考えるうちに、祖母の死の悲しみが、さらに遠ざかるような気がした。

通夜を終えて、セレモニーホールを出てすぐ脇、植え込みの近くでタバコを吸っている。たまにある出入りから身を隠すようにして、煙を吐き出していると、自分が不良高校生にでもなった気持ちになる。三十三歳なのに。

通夜の前に吸ったときよりも、身体に沁《し》みる感覚がある。疲れているのかもしれない。伯母《おば》に、顔を見てあげて、と言われて覗きこんだ、白木の棺《ひつぎ》に横たえられた祖母の姿は、わたしの記憶の中の祖母よりも、ずっと老け込んでいて、ずっと小さくなったように感じた。苦しんだ様子の表情ではなくてよかった、と思ったが、一方ではいたるところに刻みこまれた皺の深さに驚いた。

もう高校生ではないので、いつまでもこうしているわけにはいかないと、もちろんわかっている。戻ったらみんなで食事をとるはずだ。懐石膳だと、誰かが言っていた。さして期待はしていないが、お腹はすいている。

ホール内にも喫煙所があることは、入ってすぐに気づいていた。さっき通夜の前にはそこで吸った。けれど、関係のよくわからない親戚の相手をしなくてはならなくなるのが面倒だった。お前はタバコを吸うのか、なんて、こんな歳になっても説教されかねない。

母とはまだ話していない。弟が、姉ちゃん来たよ、と言ったときに、こちらをちらりと見たので、ごくわずかに頭を下げたけれど、それに気づいたのかどうかは知らない。目は合った。

弟は母について、ちょっとまいってる、と言ったが、わたしにはよくわからなかった。泣いた様子も泣く様子もなかったし、始まる前には、わたしがよく知っている姿と変わらずに、足早に動き回り、他の親戚たちと談笑などしていた。

数珠《じゅず》を借りたのも、弟を通してだった。そういえば数珠あるの、と気づいた弟に訊ねられ、ない、と答えると、通夜の始まる直前に、これ、と手渡された。お礼を言ってから、これどうしたの、と訊ねたら、母さん、と言っていた。母も数珠を持っていたので、おそらくわたしが持ってこないことを見越していたのだろう。そう思うと、自分がひどく幼い子になったようで、心細かった。

夜になり、さすがに寒くなってきた。そして黒いストッキングを脱ぎたい。職場である映画の宣伝会社は、私服通勤が認められているため、ストッキングなんてほとんど穿く機会がない。チェストから見つけ出すことができずに、結局買ったのだ。洋服売り場があるスーパーで買った喪服といい、慣れないものに身を包まれているのは落ち着かないし窮屈だ。逆に、慣れているはずのこの町も。

このホールは、前を通りかかったことはあった。高校の通学路だったから、たいていは自転車に乗っていた。こうしてホール脇でタバコを吸うようになるとは、思ってもいなかった頃。

けして小さい町ではない。高校は選択に悩むほどあるし、数は少ないが大学もある。買い物も基本的なものであれば困らない。この町で生まれて死んでいく人だってたくさんいる。けれど、その選択肢はわたしの中で、はなからないものとなっていた。この町を出るんだと思っていた。願望は決意になり、現実になった。

国道を挟んでいくつもの店が建ち並んでいるのが見える。ほとんどはチェーン系列の飲食店だ。あんなに嫌っていた、何もかもがうとましくて仕方なかった風景が、どうして嫌っていたのか、今では思い出すことができない。

携帯灰皿に短くなったタバコを押し込み、ホール内へと戻っていく。憂鬱だけれど仕方ない。とっくに大人だから。

出された懐石膳は、刺身が少し入っている他は、ほとんどが揚げ物で、しかも冷めていたので、箸はあまり進まなかった。もう食べないのか、若いのに、と隣に座っていた伯父に話しかけられ、若くもないですよ、と必要以上ににこやかに答える自分は、本当に若くないと思った。

身内だけと聞いていたが、通夜にはそれでも、知らない顔がちらほらあった。おそらく祖父や祖母の甥《おい》や姪《めい》とか、そうした関係だろうとは思ったのだが、わざわざ確かめるような社交性はわたしにはなかった。なるべくなら誰とも話さずに、ひっそりと隅っこにいたかった。

昔から親戚付き合いはあまり得意ではなかった。そもそも交流が盛んなわけではなかったが、たまに集まるような機会があっても、同年代の従兄弟《いとこ》たちとも何を話していいのかわからず、おもちゃもない祖母の家で、ただ退屈を持て余していた。

弟のほうがよっぽど人付き合いが上手だった。可愛げもあり、大人たちから可愛がられていた。

かなりの月日が経った今、弟の子どもが輪の中心となっている。立って歩いているから、おそらく一歳を超えているのだろう、と判断した。

大人たちから、ゆうくん、と呼ばれている彼の名前が、ゆうすけ、なのか、ゆうや、なのか思い出せない。いずれかだった気がするのだが。あまり遠くに歩けるわけではないので、近くに座っている人のところにしか行かないが、さほど人見知りする様子もなく、時おり笑いかける表情に、大人たちが高くて甘い声をあげている。

子どもも大人も得意じゃないのだな、と改めて自分の性質を思う。表情や体形など、可愛らしいとは思うものの、どう接していいのかわからない。さっき弟の奥さんが、抱っこしている子どもに向かって、ほらー、なつお姉さんだよ、と言ったが、どうしていいのかわからなかった。はじめましてー、と声を出して、小さな手に触れてみる自分が、どうしたって滑稽に思えてしまうのだ。

もしも自分に子どもがいたのなら、こうした意識も変わるのだろうか。

思考を読んだかのようなタイミングで、伯父がわたしに話しかけてきた。

「奈津美《なつみ》はまだ結婚しないのか」

「ああ、なかなか、ねえ」

曖昧な答えを返すと、伯父の声が少し大きくなったように感じられた。

「東京でふらふらしてたってしょうがないだろう。だいたい何やってるんだかよくわからない仕事して。全然こっちにも顔出さないし。母さんのところにだって、結局行ってないんだろう?」

母さんのところ、というのが、母のいる実家ではなく、祖母のいた施設のことだと、一瞬遅れて思い当たる。ごめんなさい、なかなかタイミングがなくて、と答える。伯父の顔は赤らんでいて、明らかに酔っているようだった。

「タイミングとか言ってる前に、行動しろ、行動。奈津美は小さいときからぼうっとしてたからな」

確かに、ぼうっとしているというのは、わたしを形容する上でよく出された。弟や友だちと遊ぶよりも、一人で架空の世界をイメージしたり、ピアノを弾いたり、そういったことばかり好んでいたせいかもしれない。回想に浸りかけるわたしに、伯父の説教は続く。

「あとさっさと結婚しなさい。一人でいたっていいことなんてないんだから」

いや、たくさんあるだろう、と思ったが、否定する勇気も気力も生まれない。

「あなた、酔ってるんじゃないの。奈津美ちゃんだって東京で忙しくしてるんだから。ねえ」

伯母に話しかけられ、いえ、まあ、と答える。

「東京で忙しくったって、こっちに全然帰ってこないで、独身でふらふらして、それじゃちっともよくないだろう」

まだ長引くのだろうか、と思いつつ、はい、と答えた。

「奈津美」

突然、別の席から名前を呼ばれる。母だ。名前を呼ばれるのも、話しかけられるのも、今日初めてのことだ。わたしは声をあげず、顔だけをそちらに向けて返事に代える。

「ちょっと、お湯なくなったから、下で入れてきて。あと茶葉ごともらえないか、ホールの人に聞いて」

少し早口の頼み事。懐かしさすらおぼえた。いつも母はわたしたち子どもに何かを言いつけるとき、こうだった。昔のように無視してしまうことも、一瞬考えたが、やはりそういうわけにもいかないだろうと立ち上がり、ずいぶん使い込まれた様子の、白い電気ポットを受け取る。

食事をしていた二階から、一階に降りるあいだに、ふと、もしかしたら優しさだったのかもしれない、と思った。伯父の言葉は、どこまでも続きそうだったから。

でも、母にかぎってそんな気遣いをするはずがないな、と思い直す。単に自分で行くのが面倒だっただけだ。脱げやすいスリッパに気をつけながら、階段を一段ずつ降りていく。しばらく足を踏み入れていない、実家の階段を思い出す。

この家が建ったのは、あたしが生まれるより少し前。まだお父さんとお母さんが結婚していたとき。築約二十年の一軒家の階段は、ぎしぎしと鈍い音を立てる。

自分の部屋からリビングへ。階段は短いものだし、たいした距離じゃない。だけど足が重い。お母さんはあたしを見ている。睨む、といってもいい強い視線。あたしは部屋に戻りたい気持ちを隠して、口を強く結び、軽く睨み返す。

さっき仕事から帰ってきたお母さんが、ただいまより先に、あたしの名前を発したとき、何を言われるかは想像していた。そして実際、お母さんの向かいに腰かけた瞬間、想像どおりの言葉が来た。

「バカじゃないの」

「バカじゃないから」

聞き馴染みのある言い回しに、あたしは咄嗟に言い返す。テーブルの下の見えない部分で、右手で左手の甲を軽くつねる。

「なれるわけないでしょ、歌手なんて」

「歌手とは限らないから。作詞家とか作曲家とか、サポートする側に回るかもしれないし。とにかく音楽業界で働きたいの」

「オンガクギョーカイ」

なんてふざけた言い方だろうか。あたしはお母さんを睨んだ。音楽を、あたしを救ってきたものを、否定されたくなかった。

「あたしは音楽の専門学校に行くから」

数時間前の三者面談でも言ったことを、あたしは改めて、目の前のお母さんに向けて言った。

ここが学校だということも忘れたのではないかというくらいの勢いで、あたしをなじったお母さんと、まあまあ、とひたすらに繰り返す、気弱なおじさんである担任の前で、絶対に泣くわけにはいかなかった。今だってそうだ。泣いてたまるか。

弟がまだ帰ってきていないのは、ラッキーだと思った。おそらくいつものようにサッカー部の練習だ。それが終わって友だちとファミレスあたりでしゃべっているのかもしれない。どっちにしても、こんなふうに言い争うところを見てほしくない。

「あんたがこんなにバカだとは思わなかったわ」

吐き捨てるようだった。お母さんはよくこういう口調になる。冷静な話し合いということをしてくれない。すぐに感情的になって、こちらをひるませるようなことを言って、あきらめさせようとする。だけどあきらめるわけにいかない。これはあたしの、人生の問題だから。

「バカじゃないし、考えてる」

「バカだよ」

あたしが必死に絞り出した思いを、お母さんは一蹴《いっしゅう》する。

弟に意地悪をして泣かせてしまったとき。みんなが持っているおもちゃを欲しがったとき。通知表の成績が下がってしまったとき。

今までに数限りなくお母さんからあたしに向けられてきた、バカだという言葉が、また新たにひらひらと舞って落ちる。積もる。

「お母さん、ピアノ習わせてくれたじゃん。音楽って素敵だなって思ってたからでしょ」

四歳から高校受験まで、あたしはピアノを習っていた。もっともそれも、お母さんに、勉強のほうが大事でしょ、とあっさりとやめさせられてしまったのだけど。

「趣味くらいだったらいいわよ。でもね、仕事っていうのはあんたが考えてるほど甘いもんじゃないの。音楽が好きですって人はいっぱいいても、音楽で食べていける人はほとんどいないでしょ。あんたはいつも甘すぎるの。いいかげん現実を見なさいよ。何にもわかってないんだから」

甘いとか幼いとか、ずっと言われつづけてきた。何もわかってない、とも。聞き馴染みがあるフレーズばかり。

話し合いの中で、あたしの言葉の数が、お母さんの言葉の数を上回ったことなんてないんじゃないかと思う。また左手をつねる。さっきよりも強く。

「もういいわ、この話は。疲れちゃう。ほんと面倒くさい」

出た。あたしが何か反論すると、お母さんは切り札みたいに出してくる。

あたしはそんなにも、面倒くさい存在なんだろうか。お母さんに負担しかかけていないのだろうか。

全然ほめてもらったことなんてない。バカ、甘い、面倒くさい。弟にもだけど、あたしにはより、お母さんはそういう類いの言葉を口にしている。

あたしはつい、泣きそうになってしまう。なんでちっとも話を聞いてもらえないんだろう。でも泣くわけにはいかない。どうせ、みっともないから泣くんじゃないの、と言われるに決まっている。それだってあたしの中に充分すぎるほど積もってきた言葉だ。

涙をこらえたあたしは視線をずらす。住みはじめたときはもっと白かった、白い壁紙に薄くプリントされている風船模様。フローリングの床についた細かい傷。食器棚の重たい色合い。中に入っている、まるで一貫性のない、中には欠けたものもあるような食器。

それら全部が自分の敵みたいに感じられる。何もかもお母さんが選んできたもの。あたしの意見なんて、反映してもらえなかった。誰が養ってると思ってるの、と一蹴されつづけてきた。

あたしが調べまくって手に入れた、専門学校の資料だって、お母さんにしてみれば、単なるゴミに過ぎないのだろう。あたしの選んだ未来。

「とにかくあたしは、東京に行くから」

バカじゃないの、とまた言われると思ったけど、想像に反して、お母さんは何も言わない。ただあたしのことを見ている。まるで汚いものでも見るような目で。

願書を出す前日、最後の話し合いのときにも、母はわたしに、もういいわ、面倒くさい、と言った。承諾でも応援でもなく、匙《さじ》を投げたのだ。学費は出すけど家賃も生活費も出さないし、学費も最後だから、あんたが嫁に行こうが何しようが、金輪際一切お金を出すことはないから、と母はさらに言った。投げつけるような言い方で。

高校時代に頑張って貯めたつもりのバイト代は、敷金や礼金で、あっというまになくなってしまった。

築四十年以上の、小さな台所とお風呂とトイレがあるだけの、一人きりの和室で、時々実家のことを思っていた。自分が選んだものに囲まれているのに、あんなに敵みたいに思っていた実家と、どこか似た雰囲気になっているのが、ものすごく不本意だった。

地元よりずっと時給の高い東京でのバイト代も、生活するためにあっというまに消えていき、お金が貯まったら買おうと考えていたものは、ことごとく買えなかった。ギターも、中学時代に貯めたお年玉で買った一本だけ。壁の薄い部屋では音を出せないから、友だちと共有した安いスタジオ情報に基づいて、練習場所を探した。

わたしは音楽業界で働くことはできなかった。学校に通いだしてからすぐの、わりと早い段階で気づいていた。あとは気づかないふりをして、奇跡を信じつづけた時間だった。わたしより歌が上手い子も、作曲能力が高い子も、作詞ができる子も、数えきれないほどいた。学校内にも学校外にも。

いくつかのバイトを経験したのち、友だちの紹介で入った会社で働き出して、十年近くが経つ。最初はバイトからで、今は一応正社員として雇用してもらっている。

少し前まで一緒に住んでいた相手もまた、音楽業界にあこがれていた。彼はミュージシャンを目指し、挫折《ざせつ》していた。背が高くて猫背で、なで肩なのを妙に気にしていて、細いわりによく食べる人だった。わたしのことを、なっちゃん、と呼んだ。少しかすれたような声が好きだった。とても好きだった。

彼と出会ってようやく、わたしは地元や実家から逃れられた気がした。学校に入っても、卒業しても、働きはじめても、どこか縛られているような気がしていた。ずっと東京に馴染めていなかったのだと思う。彼と歩いていると、東京が自分の町になっていく感覚があった。彼自身が、どこにいてもすっと溶けこんでしまうことのできる人だったのだろう。

弟の結婚式で母に久しぶりに会ったときに、わたしは同棲相手のことを伝えようか迷った。けれど結局は、何も言わなかった。それでよかったのだろうと思う。こんなふうに別れてしまった今となっては。

ずっと、東京に行きたかった。窮屈で息苦しくなるような町なんて、滅びてしまえばいいと思っていた。面倒くさい、という母の言葉は、長くわたしの中に残っていた。

セットしておいたアラームが鳴るより先に目を覚ました。一時間ほど眠っただろうか。一時間半で交代する約束をしていた。

そこかしこに布団を敷いた広間には、誰かのいびきが響いている。一つではなくいくつも。だからといってもちろん、誰のものか確かめる気にはならなかった。

線香の火が絶えてしまわないように見守る役を、寝ずの番、というらしい。今日知ったばかりの知識だ。息子であるはずの伯父がさっさといびきをかいて寝てしまったのと、弟の奥さんは子どもの面倒を見なければいけないのでさすがに大変だろうということで、母と伯母とわたしと弟で番をすることに決まった。他の親戚たちも申し出たが、母が断ったのだ。

数時間前の時点で、伯母は眠りについているようだった。本当ならわたしと代わってもらう予定だったが、起こすのも悪いので、そのまま番を続けた。移動で疲れたせいか、わたしにも眠気が訪れたところで、弟と母が来て、代わってもらった。

布団から起き出し、最小限の明かりしかついていない廊下に出て、喫煙所に向かう。この時間なら誰もいないはずだ。明かりの下で、喪服のスカートに皺がついているのに気づき、パジャマを持ってこなかったのを悔やむ。

皺を少しでも伸ばすべく、スカートを引っぱるようにして歩いていると、女の人の声が聞こえた。話し声。ちょうど棺のある、母と弟が寝ずの番をしているはずの部屋だ。近づいてみて、母の声だとわかったが、弟の声が聞こえてこない。わたしはさらに近づくことにした。

ちょうど、母の横顔が見えた。弟の姿は見えない。昔より痩せたかもしれないな、と思う。話しかけようかとも思ったが、タバコを吸ってから番を代わりたい。けれど、声の内容も気になった。

「よかったね、来てもらえて」

いつもよりも柔らかで穏やかな、まるで子どもに話しかけるかのような口調だった。いったい誰と話しているのかと思い、少し移動してわかった。母は、白木の棺に話しかけているのだ。そこにいる自分の母に向かって。

「ゆうまもずいぶん大きくなったでしょう。前に会ったとき、まだ生まれたばっかりだったもんね」

ゆうすけもゆうやも外れていたようだ。ゆうま。

「子どもはあっというまに大きくなるからね」

言葉が詰まる。気づかれたのかと思ったのだが、そうではなかった。母は泣いているのだった。

泣いている姿を見たことがないわけではないが、母のイメージと涙は結びつかない。むしろ、みっともないから泣くんじゃないの、という言葉の響きは鮮明に憶えている。

母は泣きながら話しかけている。

「靖久も来てくれたし、奈津美も来てくれたの。よかったね。母さんのおかげで会えたから、わたしも嬉しいわ。ありがとうね」

涙の勢いが増しているのか、言葉がさっきよりも苦しそうなものになっている。こんなにも泣くのか、とわたしは驚いていた。

「母さん、本当にありがとう」

絞り出すような口調になって、母が言う。

ここにわたしが入っていき、震えているであろう母の背中を、後ろからさすったなら、ちょっとしたドラマの一場面だな、なんて思った。一歩動かしかけた足を、別方向に向ける。タバコが吸いたい。母は祖母の死で、センチメンタルになっているだけだ。

タバコを吸い終えて戻ってくるときには、おそらく母は泣きやんでいるだろう。何事もなかったように、わたしと番を代わるに違いない。なんならまた憎まれ口の一つでも叩いて。

わたしはまた、スカートを引っぱるようにして歩く。静かに、音を立てないために、スリッパを廊下に置き去りにして。

母に、別れた恋人について伝えたい気がした。わたしの友だちと浮気したんだよ、信じられないでしょう、と。結婚まで考えていて、写真撮影の日取りまで相談していたのに、と。母はきっと、バカじゃないの、と言うだろう。専門学校に行きたいと表明したわたしに向けた言葉を、今度はわたしのかつての恋人に向けて。

けれどわたしは伝えない。こんなに簡単に和解してしまっては、十代の自分に悪い気がするし、母にしたって、たやすくこちらを受け入れはしないだろう。またしばらく会わない日々が始まる。次にこの町に来るのは、どんな理由になるのか。

高校時代よく、校内を、セーラー服のスカートを引っぱるようにして歩いていたことを思い出す。皺を伸ばすためではなく、なんとなくやっていた行為だ。あの頃からは想像もできなかった場所にいる。

一緒に暮らしていた頃に向けられていた母の言葉は、確かに正しいものも多かったと、今となってはわかる。だけどやっぱり、わたしなら、あんな言い方はしないだろうな、とも思う。ちゃんと話し合いをしてもらいたかった十代の自分は、すっかり小さくなったけど、現在もわたしの中にいる。それは恥ずかしいことかもしれないけど、わたしはずっと、十代の自分も一緒に生きていきたい。すべてを若さのせいにして片付けて、なかったようにはしたくない。絶対に。

またスカートを引っぱった。

母の涙は、おそらくもう止まっているに違いない。

それぞれに抱える事情　持つことはできないけれど手を伸ばしてた

解説

綿矢りさ

「滅亡しない日」。女子高生はいつも焦らされてる。周りにも、自分自身にも。たった三年間しか無いのに〝青春〟を味わえと、さらに勉強もしろと、圧力を受けまくる。本作の主人公彩葉《あやは》も友達の真優《まゆ》に彼氏ができて、のろけを聞くうちに、自分も彼氏を作った方がいいのかなという心境に、だんだんなってくる。〝もったいない〟という言葉に敏感に反応して、男子を紹介してもらわなかった自分は、もしかしたらもったいなかったのかな、いつかは女子高生でなくなるのに……というようなことを考えたりする。分かる分かる、友達が自分より先に恋愛とかセックスとか進んだら、自分はこれでいいのかなとか考えちゃうよね、と読み進めていったら……彩葉が真優の彼氏にキスしてる！

分からない！

なんでそうなるの、と思わず声が出そうなほど、あざやかな裏切りである。真優を実は嫌ってた、嫉妬《しっと》してた、彼氏がカッコ良すぎて奪いたい、といった気持ちの伏線があれば、彩葉の行動も理解できる。でも全然そんなこと考えてないし、むしろ真優の彼氏の見た目を、聞いてたのと違ったな、全然王子様って感じじゃないなと、心のなかでけなしてさえいた。

でもキスしちゃう。すらっとした悪への移行。

この本の中にはこういう「えっ?!」と登場人物たちの行動に驚愕《きょうがく》するシーンが度々出てくる。誰もが罪を犯すドキドキ感や罪悪感を覚えないうちに、日常の延長でタブーを犯す。でもその感覚がなぜかリアルだ。「〜してみた」という自然な心や身体《からだ》の動きが、社会や他人の反応で初めて罪の烙印《らくいん》を押される。昔より「ありえない」と批判される行動が増えた今の世の中、正義の存在は絶対的に思えるけれど、とりあえずやってみちゃう人にはあんまり効いてない。そういう人にとっては良いも悪いもあいまいな線引きでしかない。

「非共有」の主人公綾《あや》は、すらっと悪をされた側の人だ。彼女は傷ついているが、さらに自分にとって大事なことに気づく。それは人と共有できない「非共有」の領域が自分にはあること。友達と分かりあえない部分があるのはさびしいけど、でも自分にだけしか分からない気持ちの貴重さにも、綾は気づいてるように思える。あと彼女の職業が小説家で自分と同じなので、私は彼女に共感した。自分の書いてる小説が実体験かどうか訊《き》かれることの違和感についての文章を読んでいると、私も感じてるなーと思った。だからそこのとこ、綾と私は〝共有〟できてるのかもしれない。実際の記憶とフィクションが織り交ぜられて話ができていくから、フィクションかノンフィクションか聞くのってそんな重要？　と思う。ただ最近小説家にインタビューする機会もあるので、そのときに作品と作者がどれくらいリンクしてるのか知りたくなる気持ちはちょっと分かった。純粋な好奇心に近い。質問される側にとっては、なんだかギョッとする瞬間ではあるのだけど。

「切れなかったもの」はとても好きな話だし、衝撃も受けた。あまりネタばれしたくないから詳細は控えるが、とにかく姉すげえ、と思った。なんにでも大騒ぎする情緒豊かな人より、この姉のような、普通っぽく見えるけど何考えてるか分からないし多分何かが欠けてる人、の方がピンチのときには頼りになるのかなぁ、とさえ思えた。読んでるうちに頭が歪《ゆが》んできそうな奇妙な感覚に陥るけど、罪悪感が絶妙にあっさりしてる姉妹のやり取りにユーモラスさも感じてしまう、不思議な小説だ。世の中こういうことも実は知らないとこでよく起こっているのかもなと思った。

「お茶の時間」は、読んだあと切なくなるし、台湾茶《たいわんちゃ》を飲んだあとのような、じんわりした温かみが胸に残る。前職の後輩である原《はら》ちゃんはある日突然現れて、「シンデレラ」に出てくる魔法使いみたいに、主人公のぱっとしなかった台湾茶の店を、ステキに変身させてくれる。でも原ちゃんにはある秘密があった。秘密の事件の内容も含めて考えると、原ちゃんはきっと好きと思った人には全力でいけタイプなんだろう。主人公の元に現れたのも、彼女のことを良い先輩と思ってもう一度会いたかったのかもしれない。きっと人間良い面も悪い面もあるのが普通だけど、それが極端な人って、本当に切ないよなぁ、と思わせてくれる話だった。

「あたしは恋をしない」。憧れていた自立している大人像の怜子《れいこ》さんの多肉植物店に通う男なんてロクなもんじゃないと聞いて育った彼女に起こる変化。

「正直な彼女」。我の強い人と遊ぶのって、意外と楽しい。強固なワールドが出来上がってる分、その人自体が一種のテーマパークみたいになってることがあるからだ。あんまり自分勝手だと困るけど、これがしたい、あれが好きってはっきり決まってる人に付いてくと、今まで知らなかった世界を見られたりする。とはいえどこか行くにしても、決める人と丸投げの人の役割が、あんまり強固すぎると逆にそれは相性が良いとは言えないのかもしれない。

「神様の名前」。信仰心のある人と無い人との人生はどれだけ違うのか考えてみたことがある。私はあんまり強くはない方の人間だから、いわゆる困ったときの神頼みでは特定の名前というより、神様全般に幸運をお祈りしている。困ったときだけ神頼みしている私と違い、毎日祈ってる人はピンチのときの神頼みも堂に入っているのかな、なんて考える。幸子《さちこ》は母親の信仰していた宗教から脱出するために、家に帰らなかったり、同じ宗教を信じ続けてる友達の由歌里《ゆかり》に嫌みを言ったりして反抗している。自由を得て、神様の名前を失った幸子の気持ちは一体どんな風に揺れ動くのか。

「皺《しわ》のついたスカート」。祖母の葬式で久しぶりに母や親族に会う奈津美《なつみ》。もうとっくに大人なんだから、と三十三歳の彼女は穿《は》き慣れない黒いストッキングを穿いたりして頑張るが、さっそく伯父《おじ》に〝まだ結婚しないのか攻撃〟を受けていて、大人だからこそ大変なこともあるよなぁと思わずにはいられない。親族の葬式というのはただでさえ親しい人が亡くなって感情が動くのに、さらに親族の状況によっては、何年も会ってないようなセンシティブな関係性の人間が集まるので、爆弾がいくつも埋まってて、割とケンカとかが起きやすく、またそんな大切な日に揉《も》めた相手との間にはさらに亀裂が走るという、試される日でもある。奈津美は無理を言って実家から東京へ出てきたため、母親とは何年も連絡を取り合ってない。さあ無傷で乗り越えられるのか奈津美。かなり難易度高いステージだぞ頑張れ奈津美。

と、主人公を心のなかで応援したり、主人公と一緒に切ない気持ちになったりしながら読んだ作品集だった。また、飲み物とか植物の描写がきれいなので、読んでると気分が上がってくる。カフェへ行ってオシャンティーな飲み物を見たり、花屋さんでちょこっとしたサボテンなんかを見たりすると、「カワイー」と思って気分がふわっとするけれど、現物じゃなく文字で描写を読んでもそういう気分になれるんだなと思った。

順調な落ち着いた視線から、急に力が抜けてがくっと、他者の脆《もろ》さに出会うようなシーンがいくつかあったせいで、次に何が起こるのか分からなく、ハラハラしながら読んだ。何事にも白黒、正しい正しくないの判断のコントラストを潔癖に強めすぎると、逆に自分の首を絞めることにもなりかねないのかなと感じた。人生で上手くいかないことにぶち当たったときに思い出したくなるようなお話たちだった。

（作家）

本書は、二〇一九年十一月にポプラ社より刊行された『私に似ていない彼女』を、改題のうえ、加筆・修正して文庫化したものです。

一万回話しても、
彼女には伝わらなかったこと

加藤千恵

2023年12月5日　第1刷発行

発行者　千葉 均
発行所　株式会社ポプラ社
〒102-8519　東京都千代田区麹町4-2-6
ホームページ　www.poplar.co.jp
フォーマットデザイン　bookwall
組版・校正　株式会社鷗来堂
印刷・製本　中央精版印刷株式会社

N.D.C.913/238p/15cm　ISBN978-4-591-17994-9

P8101482